乙女ゲームの世界で私が悪役令嬢!?
そんなのお断りです！３

蒼月

B's-LOG BUNKO

ビーズログ文庫

Contents

乙女ゲームの世界で私が悪役令嬢!? そんなのお断りです! 3
【人物紹介】
カイゼル・ロン・ベイゼルム
ベイゼルム王国の第一王子。その実態は、常に似非スマイルを浮かべる腹黒王子。
セシリア・デ・ハインツ
前世で大好きだった乙女ゲーム『悠久の時を貴女と共に』の悪役令嬢に転生してしまった元OL。ハインツ公爵家の令嬢。
シスラン・ライゼント
王宮学術研究省所長の息子で非常に優秀だが、性格に難アリ。セシリアの幼馴染でもある。
マリー
突如現れた新ヒロイン。

ビクトル・フェルドラ
非常に真面目な性格をした王国の騎士団長。セシリアを『姫』と呼び、忠誠を誓う。
レオン・ロン・ベイゼルム
カイゼルの実弟。天使的な微笑の裏で小悪魔的な笑みを浮かべるヤンデレ王子。
アルフェルド・ラ・モルバラド
妖艶な砂漠の国の皇太子。女たらしで、常に自らのハーレムに入れる女性を捜しては口説いている。
ヴェルヘルム・ダリ・ランドリック
隣国ランドリック皇国の皇帝。強引で、目的のためには手段を選ばないオレ様。
アンジェリカ
ヴェルヘルムの美しき妹。
ノエル
ヴェルヘルムの侍従。
ニーナ
『悠久の時を貴女と共に』の正ヒロイン。
レイティア
セシリア信奉者となった侯爵令嬢。

イラスト／笹原亜美

音も何もないどこまでも広がる真っ暗な空間に、突如《とつじょ》機械的な音声が響《ひび》き渡《わた》る。

『システムエラー、システムエラー、システム復元……失敗。予備プログラム起動。新ヒロイン選出……データ適合者発見。新ヒロイン投入。ゲーム再スタート』

そして音声は途切《とぎ》れ再び静寂《せいじゃく》が訪《おとず》れた。


神聖な雰囲気《ふんいき》が漂《ただよ》う部屋の中央に、大きな水瓶《みずがめ》が置かれている。その水瓶を一人の神官が丁寧《ていねい》に磨《みが》いていた。

「この水瓶が次に使われるのは約五十年後か～」

「そうだな。まあでもおそらく次の儀式《ぎしき》に立ち会うのは、年齢《ねんれい》的にも厳しそうだな」

「まあな」

掃《は》き掃除《そうじ》をしているもう一人の神官と会話をしていると、突然《とつぜん》水瓶が小刻みに揺《ゆ》れだす。

「地震《じしん》？」

「は？　何も揺れて……って、おい水瓶が！」

掃き掃除をしていた神官が驚《おどろ》いた表情で指差したので、水瓶を押さえていた神官が不思議そうにしながら見上げる。すると水面から光が溢《あふ》れ出していることに気がつき、ギョッとして立ち上がった。

「なんだこれは⁉」

「わからない。急に光りだして……っ！」

だんだんと輝《かがや》きが増すと、二人の神官は直視することができなくなり腕《うで》で光を遮《さえぎ》る。さらにまばゆい光が部屋中に溢れ恐怖《きょうふ》におののく。しかし突然、急速に光が収まっていった。

完全に光がなくなったのを確認《かくにん》しながら、恐《おそ》る恐る腕を下ろしキョロキョロと辺りを見回す。

「一体何が起こったんだ？」

「わからない……ん？　おい、何か浮《う》いているぞ？」

「本当だ……って、これは！」

水面を覗《のぞ》き込んだ神官が驚愕《きょうがく》の表情で固まる。さらにもう一人も目を瞠《みは》った。

「急いで司祭様にご報告しないと！」

「そ、そうだな！」

二人は顔を見合わせ慌《あわ》てて部屋から出ていく。そうして誰《だれ》もいなくなった部屋では、水瓶の水面に一枚の紙がゆらゆらと揺れていた。その紙には――。
『ラスカット村　マリー』
と書かれていたのだった。

一　新たな始まり

乙女《おとめ》ゲームが大好きだった前世の私、神崎真里子《かんざきまりこ》は子どもを助けて交通事故に遭《あ》い、二十七歳でその人生を終えた。そんな私がどうしてかわからないが、西洋風のこの世界でセシリア・デ・ハインツとして生まれ変わったのだ。それも前世で死ぬ前に全クリした乙女ゲーム『悠久《ゆうきゅう》の時を貴女《あなた》と共に』の世界に。だけどそれを素直《すなお》に喜ぶことはできなかった。

何故《なぜ》なら私が生まれ変わったセシリアというのは、ヒロインをいじめてウザイほどに邪《じゃ》魔《ま》をする悪役令嬢《ライバルキャラ》だったからだ。さらにその悪役令嬢《れいじょう》には、ヒロインの進むルートによっては処刑《しょけい》エンドも待っていた。いくら大好きなゲームの世界だからって、正直そんなのお断り！

私は処刑エンドを回避《かいひ》しつつ、大好きなキャラでもあったヒロイン《ニーナ》の恋《こい》を応援《おうえん》するため悪役令嬢役を完全放棄《ほうき》。そうすれば攻略《こうりゃく》対象者の誰《だれ》かとニーナの恋が、順調に育まれると思ったから。しかし現実はそうは上手《うま》くいかなかった。

攻略対象者全員がニーナではなく、何故か私に好意を持ってしまったからだ。

それでもなんとかカイゼルとの婚約《こんやく》解消を国王に認められ、これで悪役令嬢ポジションの条件がなくなり処刑エンドも免《まぬが》れたとホッと一安心していた。だけどその直後カイゼル達からの猛烈《もうれつ》な愛の告白攻撃《こうげき》を受けてしまう。これはもしかしたら前世で読んでいた設定資料集の裏表紙に書かれていた『全クリ後、新たな世界が貴女を待っている』の言葉の通り、悪役令嬢《セシリア》が新たなヒロインとなるルートに入ってしまったのではと考えた。

しかしすぐにそれを否定しまだニーナルートだと信じたい私は、新たに登場したＤＬＣ《ダウンロードコンテンツ》の新キャラ、隣国《りんごく》の皇帝《こうてい》ヴェルヘルムとニーナをくっつけようと動いていたのだが……結果、そのヴェルヘルムにも気に入られてしまった。何故だ……。

そしてヴェルヘルムの妹でＤＬＣの新たなライバルキャラであるアンジェリカ姫《ひめ》を助け凶刃《きょうじん》に倒《たお》れた私は、生死の境でもう一人の自分《セシリア》と出会う。そのセシリアから今度は記憶《きおく》をなくし、また別の世界に転生することになると聞かされた。だったらもう一人のセシリアが行くはずのリセットされた『悠久の時を貴女と共に』の世界に私が行こうとも思ったが、その世界のカイゼル達と私が今まで一緒《いっしょ》に過ごしてきたカイゼル達は全くの別人になると気がつく。

記憶をなくし新しく生まれ変わるのも、リセットされた世界に行くのも絶対嫌《いや》。そこで今のカイゼル達に会いたいと強く願うと、もう一人のセシリアに応援されながら融合《ゆうごう》し昏《こん》睡《すい》状態から目を覚ますことに成功した。

そうして目覚めた後、皆《みんな》の愛を実感しながらも改めて悪役令嬢でもヒロインでもなく、私は私、ただのセシリアとして自分の人生を幸せに生きてみせると誓《ちか》ったのだ。


ヴェルヘルムはベイゼルム王国との同盟調停式を終え自国に帰っていった。

その帰《かえ》り際《ぎわ》、ヴェルヘルムから必ずお前を妃《きさき》として迎《むか》えるからなと自信満々に言われ、すっかり私に懐《なつ》いてしまったアンジェリカ姫からも待っていますわと笑《え》みを浮《う》かべられてしまった。本当にどうしてこうなった……。

とりあえずヴェルヘルムとの問題も一段落したことで、いよいよ婚約破棄《はき》の話が進むかと思っていたのだが、どうもランドリック帝国《ていこく》と同盟を結んだ影響《えいきょう》で色々と忙《いそが》しくなってしまったらしい。国王には落ち着くまでしばらく待って欲しいと頼《たの》まれ、まあ死亡エンドの心配もなさそうだしそれを受け入れた。

そうしているうちにあっという間に数カ月が過ぎ、私達の年齢《ねんれい》もひとつ上がってとうとうゲーム期間の終了《しゅうりょう》でもあるニーナの『天空の乙女』の任を終える日がやってきた。

厳《おごそ》かな雰囲気《ふんいき》の神殿《しんでん》内でニーナは床《ゆか》に膝《ひざ》をつき、祈《いの》るように両手を組んで目を瞑《つぶ》っている。するとその頭に幾重《いくえ》にも折り重なる羽を模した美しい冠《かんむり》が、大司祭の手で被《かぶ》せられた。

「これにて『天空の乙女』ニーナ様は、一年の修行《しゅぎょう》期間を経て『天空の使徒』となられました。これからは天空の女神様にお仕えし、女神様の代理人として我らをお導きくださ
い」

「はい。皆様《みなさま》の期待に応えられるよう、精一杯頑張《せいいっぱいがんば》らせていただきます」

ニーナは立ち上がりくるりと人々の方を見る。その瞬間《しゅんかん》、神殿内では盛大《せいだい》な拍手《はくしゅ》と歓《かん》声《せい》が巻き起こり、私も心からの祝福を込《こ》めて手を叩《たた》いた。

（ニーナ素敵《すてき》よ！　頑張ってね！　……だけどこれは、ニーナがノーマルエンドを迎えたってことになるの？　でも確か、ノーマルエンドなんてなかったと思ったけど……。基本的に攻略対象者とハッピーエンドかバッドエンドしかなかったはずなんだけどな～。もしかしたら私が悪役令嬢役をしなかったことが原因なのかも。う～ん、だったらニーナごめんね。本当はニーナには好きな人と結ばれて、ハッピーエンドを迎えて欲しかったんだけど……でもこれは、ニーナが自分で選んだ道だから応援しよう！）

そんなことを考えていると、ニーナと視線が合い嬉《うれ》しそうに微笑《ほほえ》まれる。

（……うん。ニーナにとってはこれがハッピーエンドなのかも）

私を慕《した》ってくれているニーリが、村に帰るという選択肢《せんたくし》を捨てて少しでも私のそばに居

られる『天空の使徒』の道を選んだのだとわかる。正直私もニーナと離《はな》れるのは寂《さび》しかったので、残ってくれることになり嬉しいと思っていた。

だから私もニーナに向かって微笑み返す。するとニーナは頰《ほお》をほんのり赤く染めた。

（やっぱりニーナは可愛《かわい》いな～。本当になんで男性陣《じん》は、あんなに可愛いニーナを見ても恋に落ちなかったんだろう）

そう思いながら攻略対象者達を見ると、予想はしていたが皆平然とした顔でニーナを見ていた。

（今からでも恋に落ちる……ってことはないか）

苦笑いを浮かべながら、式が終わるのを眺めていたのだった。

『天空の使徒』就任の式から数日が経《た》った頃、私はカイゼル達と談話室で寛《くつろ》いでいた。

（自分の人生をただのセシリアとして幸せに生きるって決めたんだから、やっぱり好きな人と結ばれたいよね。だったらその好きな人は？　と聞かれたら困るんだけど……でもありがたいことに、私を好きだと言ってくれる人はここにはたくさんいるんだよね）

私はちらりと楽しそうに話している皆の顔を見て想像する。今の友人という関係から恋《こい》人《びと》になり、お互《たが》い愛を囁《ささや》き見つめ合って……。そこまで考えて一気に顔が熱くなる。

（うわぁ～前世も合わせて恋愛《れんあい》経験ほぼゼロだったから、そんなこと考えるだけで恥《は》ずか

しい！　くっ、ゲームではニマニマしながら見ていられたのに、いざ自分がその立場になるかもと思うと……私、耐《た》えられるの⁉）

　両頰《りょうほお》を手で押さえ叫《さけ》びだしたくなるのをぐっと堪《こら》える。そんな私の様子を見て、隣《となり》に座るカイゼルが心配そうに声をかけてきた。

「セシリア、どうかしたのですか？」

「え？　いや、なんでもないです！　わ、わぁ〜このお菓子《かし》美味《おい》しそうですね」

　私は誤魔化《ごまか》すように笑顔《えがお》を作り、机に置かれたお菓子を指差す。

（今はこれ以上考えないようにしよう！）

　カイゼルは不思議そうにしながらも気にしないようにしてくれたのか、にっこりと笑みを作ってお菓子の載《の》った皿を手に取った。

「これはセシリアのために取り寄せました。今王都で評判のクッキーらしいですよ。よかったら食べてみてください」

　そう言って勧《すす》めてきたので、私はそこから一枚手に取り一口かじる。

「わぁ〜美味しいです！」

　口に手を当て驚《おどろ》いた表情を浮かべる。カイゼルは私を見て嬉しそうに笑い、さらに皿を近づけてきた。

「気に入ってもらえてよかったです。まだまだありますので遠慮《えんりょ》せずに食べてくださいね」

「ありがとうございます。ですがまだこれを食べ終えていませんので……」

「だったら私がいただこうかな」

私とカイゼルの間から手が伸《の》びてきて、食べかけのクッキーを持っていた私の手を掴《つか》むと引き寄せられた。そしてそのクッキーをパクリと食べられてしまったのだ。

「なっ⁉」

驚いて固まっている私を見ながら、アルフェルド皇子が妖艶《ようえん》に微笑み唇《くちびる》をぺろりと舐《な》めた。その途端《とたん》、状況《じょうきょう》を理解して一気に顔が熱くなる。

「アルフェルド！　それはセシリアが食べていたものですよ！　むしろ私が食べたかっ……いえなんでもありません」

「だがセシリアは、食べられないと言っていただろう？」

「いえ、食べられないとは……」

しかし私の言葉など聞こえていないかのように、二人は言い合いを始めてしまった。私は冷静さを取り戻《と もど》し小さくため息をつく。

「ねえねえセシリア姉様、そんな二人なんて放《ほ》っといて僕と一緒にお菓子食べようよ」

レオン王子が私の手を取ってソファから立ち上がらせようとした。

「ちょっレオン王子、そんなに引っ張ったら……！」

無理に立たされたことでバランスを崩《くず》し前に倒れそうになる。危ういところで私の腰《こし》に腕《うで》が回り支えられた。

「姫、大丈夫《だいじょうぶ》ですか？」

「あ、ありがとうございます、ビクトル」

ビクトルに起こされながら体勢を整える。

「レオン！　セシリアが怪我《けが》でもしたらどうするつもりです」

「っ……セシリア姉様、ごめんなさい」

カイゼルに怒《おこ》られレオン王子がしゅんとした表情を浮かべていたので、私はにっこりと微笑んであげた。

「私は大丈夫ですから。カイゼルもそんなに怒らないであげてください」

「ですがセシリア……」

「レオン王子、今度は急に引っ張るのはやめてくださいね」

「うん、もうしないよ」

レオン王子の表情が戻ったことにホッとしていると、何故か難しい顔でこっちを見ているシスランに気がついた。

「シスラン、どうかしたの？」

「……いや、なんでもない」

そう言って横を向いてしまった。そのいつもと違《ちが》う様子が気になり、シスランに近づこうとした時――。

ノックの後に一人の侍従《じじゅう》が入ってきた。

「ご歓談《かんだん》中失礼いたします。セシリア様、国王陛下がお呼びです。執務《しつむ》室までお越《こ》しください」

「陛下が？」

困惑《こんわく》しながらカイゼルを見るが、わからないという表情を浮かべていた。とりあえず返事をするため、もう一度侍従の方に顔を向ける。

「わかりました。すぐにお伺《うかが》いしますとお伝えください」

「畏《かしこ》まりました。では失礼いたします」

侍従は一礼すると部屋から出ていった。

「皆さん、そういうことらしいので行ってきますね」

私は皆に退出の言葉を述べ、急いで部屋から出ていく。その時ちらりとシスランを見ると、やっぱり何か考え込んでいる様子だった。

（どうしたんだろう？）

そう思いながらも国王を待たせるわけにもいかず、そのまま部屋を後にした。

国王の執務室に到着《とうちゃく》した私は、扉《とびら》をノックして入室の許可を得ると部屋の中に入る。

「失礼いたします」

「セシリア嬢《じょう》、よく来てくれた」

国王は書類を書く手を止めて持っていたペンを置き、笑顔で私を出迎《でむか》えてくれた。

「お呼びとお聞きしましたが、何かございましたでしょうか？」

「いやなに、ニーナの就任式も終わり我の政務もようやく落ち着いてきたからな。そろそろセシリア嬢との約束を果たそうかと思ったのだ」

「約束？」

「ん？　忘れてしまったのか？　カイゼルとの婚約破棄の件なのだが」

「ああ！」

私は思わず大きな声をあげてしまった。

(死亡エンドの心配もなくなり、カイゼルの婚約者でいることにも慣れてしまって完全に頭から抜《ぬ》けていた〜。そ、それに……何故か前ほど婚約者でいることが嫌じゃなくなったような……)

自分の心の変化に戸惑《とまど》っていた。

「まさか本当に忘れているとは」

国王に呆《あき》れた表情を向けられてしまう。

「す、すみません！」

私は慌《あわ》てて頭を下げる。

「いやよい。先延《さきの》ばしにしていた我も悪かったからな。それでどうする？　婚約破棄するのをやめるか？　まあ我としてはその方が嬉しいが」

国王の言葉に私は少し考えた。

(もう死亡エンドの心配もないし、色んな人に迷惑《めいわく》をかけてわざわざ婚約を白紙にする必要が本当にあるのかな？……いやでもこれからやっと私がただのセシリアとして生きていけるのに、婚約者という肩書《かたが》きはその障害にならない？)

私は心の中で頷《うなず》くと、国王に向かって真剣《しんけん》な表情で口を開いた。

「いえ、お願いいたします」

「そうか……わかった。では改めていつにするかを……」

その時、扉をノックする音が聞こえ国王と一緒に見る。

「誰だ？　今来客中なのだが」

「申し訳ございません！　ですが神殿から火急のお知らせがありまして……」

「神殿から？」

国王は怪訝《けげん》な表情を浮かべて、ちらりと私の方を見てきた。

「陛下、私の話は後で構いません。急ぎのご様子ですので、また改めて伺います」

「……おい、ハインツ公のご令嬢がここにいるのだが、聞かれて問題ある話か？」

扉の外に向かって声をかける。

「いえ、問題ないかと思われます」

「そうか。ならばセシリア嬢はここで待っていてくれ。また来てもらうのも手間だからな」

「わかりました」

私は頷くと国王から離れた。

「入れ」

「はっ、失礼いたします」

扉を開けて入ってきたのは身なりのよい一人の男性だった。確か何度か国王のそばで見かけたことがあるので、おそらく侍従の一人だと思われる。その侍従は入り口で一礼すると、国王の前まで移動した。

「それで火急の知らせとは？」

「はい。神殿からの知らせによりますと、『天空の乙女』を選ぶ水瓶《みずがめ》に名前の書かれた紙が浮かび上がったとのことです」

「「なっ⁉」」

私と国王は同時に驚きの声をあげた。

「どういうことだ？　次の儀式《ぎしき》は約五十年後のはずだろう」

「神殿に確認《かくにん》いたしましたが、儀式はおこなわれていなかったそうです。ですが話によりますと、突如《とつじょ》水瓶の水面が光りだしその後、一枚の紙が浮かんできたそうです」

「そのような話、初めて聞くぞ？」

「神殿の方も前例がないことだと大騒《おおさわ》ぎになっているそうです。しかし水瓶に選ばれたのは事実。ならば特別な巫女《みこ》の誕生では？　と急ぎ迎える準備を始めています」

「ふむ……まあ、国としても新たな巫女が選ばれるのは喜ばしいことだからな。わかった。そのまま準備を進めるよう伝えてくれ。それと宰相《さいしょう》にも同じことを伝え、急ぎ我のもとにくるようにと」

「はっ、畏まりました」

侍従はそう返事をすると一礼して部屋から出ていった。

「新たな巫女か……」

国王はぼそりと呟《つぶや》いた後、私の方を見て申し訳なさそうな顔になる。

「セシリア嬢、すまないが婚約破棄の件は再延期で頼む。巫女誕生の祝いの場で婚約破棄の発表はさすがにできぬからな」

「そう、ですよね……」

私は苦笑いを浮かべながらも、心の中では困惑していた。

（このタイミングでまた『天空の乙女』が選ばれるなんて……まるで婚約破棄するのを邪魔されているみたい。……なんだか見えない力が働いているようで怖《こわ》い）

一瞬《いっしゅん》頭に処刑エンドが浮かびゾッとした。

「セシリア嬢、どうかしたのか？」

「い、いえなんでもありません」

私の様子を不思議に思った国王に声をかけられ、慌てて手を振《ふ》り誤魔化す。

「では婚約破棄は延期になったようですので、私はこれで失礼させていただきます」

「ああ、本当にすまないな。全てが落ち着いたら改めて場を設けよう」

「よろしくお願いいたします」

そうして私は国王の執務室を辞したのだった。

急な『天空の乙女』誕生で神殿はもちろん城の人々も慌ただしく準備に追われ、あっという間に叙任《じょにん》式の日がやってきてしまった。私はカイゼルと共に神殿内の式典の間で式が始まるのを待っていた。ちらりと周りを見ると、いつものメンバーも揃《そろ》っている。

（まあ当たり前と言えば当たり前だけど、ニーナの叙任式と全く同じ状況だね。あれからもう一年経ったんだよね。今度の巫女は一体どんな人なんだろう？）

　そう思いながら祭壇《さいだん》を見ると、そこには白い法衣《ほうえ》を着たニーナが緊張《きんちょう》した面持《おもも》ちで立っていた。

（そうよね。『天空の使徒』に就任したことで、実質神殿内の一番偉《えら》い人になったんだもの。そしてこの叙任式が初めての大役。緊張しない方が無理だよね。だけど頑張って！）

　私はニーナに向かって小さくガッツポーズを見せる。するとそんな私に気がついたニーナは、少し笑顔になり頷く。その甲斐《かい》あってか、ちょっと緊張が解けたようだった。

（うん、ニーナならきっと大丈夫。さて後は……）

　視線を入り口の扉に向ける。

「セシリア、難しい顔をしてどうかしたのですか？」

　そう声をかけられ、私は隣に立つカイゼルを見た。

「私、そんな顔をしていましたか？」

「ええ、何か気になることでも？」

「気になると言いますか……今度の新しい巫女がどのような方かと思いまして」

「ああ私もそこまで詳《くわ》しくは聞いていないのですが、名はマリーでラスカットという小さな村に住んでいたそうです。年齢はセシリアと同じ十八歳ですよ」

「十八歳？　確か『天空の乙女』に選ばれるのは十七歳だったと思うのですが、私の記憶違いでしょうか？」

「いいえ、間違《まちが》ってはいませんよ。神殿の記録によりますと、今回選ばれた巫女は昨年の儀式の時に他の方々と一緒に名前の書かれた紙を水瓶に入れられていたそうです。ただそこで浮かんできたのはニーナだけでした」

「元々巫女候補だったのですね。ですがどうして一年後に、突然《とつぜん》選ばれたのでしょうか？」

「神官達も古い文献《ぶんけん》を漁《あさ》って調べてみたそうですが、結局わからなかったそうです」

「そうなのですか……」

（ん～やっぱりイレギュラーな事態みたいね。マリーか……一体どんな人なんだろう。『天空の乙女』に選ばれるぐらいなんだし、きっとニーナみたいに素敵な人なんだろうけど……）

私は新たな巫女が入場してくるのを、緊張した面持ちで待っていた。

「巫女、マリー様の入場です」

案内の声が式典の間に響《ひび》き渡り、ゆっくりと扉が開く。するとそこから一人の少女が中に入ってきた。その瞬間、広間にいた人々が息を呑《の》む。

その少女は桜色の長いツインテールに、宝石のように美しい翡翠《ひすい》色の瞳《ひとみ》と長い睫毛《まつげ》、さらに薄《うす》い唇と透《す》き通《とお》るような白い肌《はだ》が印象的な小柄《こがら》で可憐《かれん》な美少女だった。

(うわ～凄《すご》く綺麗《きれい》な子。まるで精巧《せいこう》に作られたお人形みたい。……正直貴族令嬢と言われても全然おかしくないよ)

静まり返った人々の間をマリーと呼ばれた少女はゆっくりと進みだす。歩く姿も美しく周りから吐息《といき》がこぼれる。私はふと隣に立つカイゼルが気になりちらりと視線を向けると、驚いた様子でマリーをじっと見つめていた。その瞬間、胸がチクリと痛んだ。

(例えばだけど、あのマリーが新たなヒロインでカイゼルが攻略対象者だったら……。いやいやそんなことあり得ないから。だってヒロインのニーナはここにいるんだもの)

馬鹿なことを考えたと一笑《いっしょう》して再びマリーの方を見る。するとそのマリーの視線がキョロキョロと動いていることに気がついた。

(堂々としているようだけど、やっぱり緊張して……いや、あれは違う)

怯《おび》えているのではなく、まるで獲物《えもの》を探しているかのような鋭《するど》い視線だと気がつく。何故なら目的のものを見つけたと思われる度《たび》に、うっすらと笑みを浮かべていたのだ。

私はその視線の先を確認し、嫌な予感に襲《おそ》われる。そこにはシスラン達、いわゆる『悠久の時を貴女と共に』の攻略対象者達がいた。

(まさかあの子……)

再びある考えが頭をよぎった時、マリーの視線がカイゼルを捉《とら》え笑みが深くなった。それはまるで、ロックオンする獲物を決めたと言わんばかりに。しかし周りの人々は、マリーの美しさに見惚《みと》れ、その様子に気がついていない。私はドキドキしながらも、マリーが近づいてくるのをじっと見ていることしかできなかった。

とうとう私達の目の前を通り過ぎようとした時、それは突然起こる。

「あ！」

そんな声と共に急にマリーが倒れてきた。そう、こちらに向かって倒れてきたのだ。普《ふ》通《つう》なら前に倒れるものだが、無理やり体を捻《ひね》ってこちらに……正確にはカイゼルに向かってきた。そんな状態なら、ほとんどの人が反射的に受け止めようと手を出すだろう。

カイゼルも驚きながら慌てて手を出しマリーの体を支える。

（いやあの、どう見ても今のわざとだよね？）

ある意味力業《ちからわざ》での行動に唖然《あぜん》としていたが、マリーは全く気にする様子もなくカイゼルの腕に摑まり潤《うる》んだ瞳で見上げていた。

「助けていただきありがとうございます」

「いえ……」

あざとい態度のマリーにさすがのカイゼルも戸惑い、なんとか腕を離してもらおうとしているのが小刻みな動きでわかった。しかしマリーにがっしりと摑まれているのか、どうにもできないようだ。

（ここでカイゼルが無理に腕を振りほどいて注意するのは、さすがにお互いによくないよ

ね。よし、ここは私がなんとかしますか）

私は小さく頷くと、マリーに向かって一歩前に出る。するとマリーは私を見た瞬間、眉《み》間《けん》に大きな皺《しわ》を寄せた。

（まだ何も言ってないのに嫌《けん》悪《お》感剝《む》き出《だ》しですか……）

内心苦笑いを浮かべながらも、心配そうな表情を意識して話しだした。

「初めましてマリーさん、私はセシリア・デ・ハインツと申します」

「……何か用？」

「マリーさん、先程《さきほど》倒れられた時に足を捻ってお怪我をされたのでしょうか？　だからカイゼルに体を預けたまま動けないでいるのですね。待っていてください。すぐに医務室へお連れしますので、神官の方々をお呼びしますね」

私は周りに顔を向け、人を捜す振りをする。

「そ、そんな必要はないわ！　べつに怪我などしていないし……」

慌てた様子でマリーは否定してきた。そんなマリーを見てホッとした顔を向ける。

「お怪我がなくてよかったです。ではそろそろ祭壇に向かわれた方がよろしいですよ。ニーナ……『天空の使徒』様が待っています」

私は祭壇のところで心配そうにこちらを見ているニーナを指し示す。マリーはちらりとニーナを見てからフンと鼻で笑い視線をカイゼルに戻した。

（……だいぶ性格に難ありの子みたいね）

心の中でため息をつきながら、私はさらに口を開く。

「いつまでもそこにいては、多くの方にご迷惑がかかってしまいますよ」

少し強めに言うと、渋々《しぶしぶ》ながらもようやく離れてくれた。しかし離れ際、私を見ながらぼそりと呟く。

「まだここは悪役令嬢の出番じゃないのに……ウザッ」

「！」

私は慌ててマリーを見るが、もう不満気な顔で祭壇に向かって歩きだしていた。

（今のって……）

「セシリア、ありがとうございます」

「え？」

考え事をしていた時にカイゼルに声をかけられ、私は驚いた声をあげる。

「どうかしましたか？」

「い、いえ、なんでもありません」

不思議そうな顔を向けられたが、答えようがなかったためそう言うしかない。そうこうしているうちにマリーは祭壇に到着し、その後つつがなく叙任式は進んでいったのだった。

叙任式が終わりカイゼルと共に式典の間から出ると、何か騒《さわ》がしい声が聞こえてきた。視線を向けると、そこではマリーと神官が揉《も》めているようだった。

「何かあったのでしょうか？」

「わかりませんが、神官の表情を見ると困った状態のようですね」

カイゼルも同じところを見て首を傾《かし》げる。確かにマリーは不機嫌《ふきげん》な顔をしていて、神官はあたふたと困り顔をしていた。

一体どうしたのかと思い少し近づいてみると、マリー達の声がはっきりと聞こえてきた。

「だから〜！　まだ戻らないと言っているじゃない！」

「しかしマリー様、この後にも儀式がございますのでもう移動していただかないと……」

「そんなの遅《おく》らせばいいでしょ！　それよりも今から始まるイベントの方が大事なの！」

「イベント、ですか？」

「そうよ、各キャラとの自己紹介《しょうかい》イベントがこれからあるの！」

「自己紹介イベント？」

神官はマリーの発言に意味がわからないといった表情を浮かべる。しかし私はその言葉を聞き体が固まった。

(自己紹介イベント⁉)

「セシリア？」

突然立ち止まった私をカイゼルが見てくるが、それを気にする余裕《よゆう》はなかった。何故ならすぐに、マリーが発した決定的な言葉が耳に飛び込んできたからだ。

「今から『悠久の時を貴女と共に』のヒロインである私が、攻略対象者達から代わる代わる挨拶《あいさつ》を受けるところなの！　楽しみにしていた場面なんだから邪魔しないでよ！」

（マリーがヒロイン!?　一体どうなっているの？）

激しく困惑していると、突然誰かに後ろから腰に抱《だ》きつかれた。

「セシリア姉様、どうしたの？」

「レ、レオン王子！」

私に抱きついたまま見上げてくるレオン王子に驚くと、今度はふわりと髪《かみ》を一房《ひとふさ》持ち上げられた。

「神妙《しんみょう》な顔をしているけど、何か困った事でもあったのかい？」

「いえ、そういうわけではないのですが……」

苦笑いを浮かべながらも、アルフェルド皇子の手から自分の髪をそっと返してもらう。

「お前、また変なことに首を突《つ》っ込もうと思っているんじゃないだろうな」

「は？　またって何よ！」

呆れた表情で近づいてくるシスランにムッとした顔を向ける。

「またはまただろう。その度に俺達がどれだけ苦労してきたことか」

「うっ……それはその……ごめんなさい」

今までのことを思い出し、謝ることしかできなかった。

「姫が謝ることはございません」

ビクトルが後ろからやってきて真剣な顔で言う。

「そもそも我々が先に気がつき動いていれば、姫を危険な目に遭わせることもなかったのですから。シスランは本当はそう言いたいのですよ」

「……ふん」

シスランはそっぽを向いてしまった。

「シスラン、ビクトル……」

すると腰に抱きついているレオン王子を引《ひ》き剝《は》がしつつ、カイゼルが優《やさ》しく微笑みかけてきた。

「今度は絶対貴女を守ってみせますから」

「カイゼル……皆さんありがとうございます。ですがそんな心配されなくても大丈夫ですよ。ただの気のせいでしたから」

安心させるようににっこり笑ってみせる。カイゼルはそんな私を見てから他の皆と目を合わせ、そして再び私に視線を戻す。

「セシリアがそう言うのであれば信じます。ただ本当に困ったことがあるのなら、いつでも言ってくださいね。必ず助けますから」

「ありがとうございます」

「さていつまでもここにいては邪魔になりますね。行きましょうか」

「あ、はい」

カイゼルに促《うなが》され歩き始めたが、ハッとマリーのことを思い出しちらりと視線を向ける。

そのマリーは私達の方を見て唖然と立《た》ち尽《つ》くしていた。

（あのマリーの様子からするに、カイゼル達が攻略対象者で間違いなさそう。だけどその攻略対象者達が、何故か自分ではなく悪役令嬢であるセシリアに集まってしまっている……そりゃああんな顔になるよね。ごめん、これに関しては私にもどうにもできないのよ）

心の中で謝罪をしつつ、カイゼル達に囲まれたままその場を後にしたのだった。

部屋に戻った私は、疲《つか》れたと言って寝室《しんしつ》に入った。そしてベッドに腰かけて一人考えだす。

「まずは状況を整理しよう。多分いやほぼ確定だと思うけど、マリーはヒロインで間違いなさそう。だけど何故ニーナが居るのに、新たなヒロインが現れたの？　もしかして私が前世で死んだ後に続編が出たとか？　確かに凄く人気が高いゲームだったし、他のゲームみたいにその可能性は十分あり得るわね。それなら私が知らなくても納得《なっとく》できるか。だけど続編なのに攻略対象者が一緒って変な気が……ん～さすがに情報が少なすぎて、これ以上は考えてもよくわからないわね。でもマリーは自分がヒロインである確固たる理由があるみたい」

私はベッドから立ち上がりうろうろと歩きだす。

「お父様から聞いたマリーの生《お》い立ちは、幼い頃《ころ》両親が事故に遭い天涯《てんがい》孤独《こどく》の身となるが村の人達に支えられ成長することができた。……確かにヒロインらしい境遇《きょうぐう》ね。だけど『天空の乙女』に選ばれる少し前に自宅で転倒《てんとう》して頭を打って気を失い、次に目を覚ました時から意味不明な言動を繰《く》り返《かえ》すようになってしまったらしい。……おそらくこの時に前世の記憶が甦《よみがえ》ったんだと思う。うん、まず間違いなくマリーは私と同じ転生者ね」

頷き部屋にある鏡に映る自分を見た。

「残念ながら今回も私は悪役令嬢のようね。マリーが私を見て悪役令嬢と言っていたし……だからカイゼルの婚約者から逃《のが》れられないのか。でもそうなると、私の死亡エンドも復活した可能性が……最悪だ」

頭を抱《かか》えてしゃがみ込む。だけどすぐに立ち上がり右手をぎゅっと握《にぎ》りしめる。

「いやまだ悲観するのは早い！　ニーナの時は上手くいかなかったけど、今度こそヒロインであるマリーの恋を邪魔しないようにしないと！　そうすれば私の死亡エンドも再び消えるはず。よし、頑張ろう！」

私はそう決意したのだった。


マリーの叙任式から数日後、カイゼルの執務室で私は政務の手伝いをしていた。

「こちらの書類、確認終わりました」

「ありがとうございます」

持っていた書類の束をカイゼルに手渡《てわた》す。

「それにしても最近仕事の量が増えていませんか？」

机の上には山のように書類が積まれていた。カイゼルは苦笑いを浮かべながら、判子を押して処理済みの束の上に置く。

「父上の仕事も手伝っていますから」

「陛下の？」

「そろそろ王位を継《つ》ぐために、本格的に父上の仕事を覚えなくてはいけないんです」

「そうなのですか」

カイゼルの言葉に頷き、また新しい書類を手に取る。

(……そう遠くない未来でカイゼルは国王になるんだよね。そしてその隣には、私ではない別の誰かが王妃《おうひ》として立っているのかも……)

そう考えた途端、胸がズキンと痛くなった。私は胸を押さえ首を傾げる。

(何、今の?)

何故痛くなったのかわからず戸惑っていると、カイゼルが椅子《いす》から立ち上がり慌てて私に近づいてきた。

「セシリアどうしたのです⁉　体調でも悪いのですか?　ああ座っていてください、すぐに侍医《じい》を呼んできますから!」

「待ってください!　私は大丈夫です。ただちょっと胸が痛かったような気がしただけで、今はなんともありませんから。多分私の勘違《かんちが》いです」

「本当ですか?　無理をさせているのでしたら遠慮なく言ってください」

「大丈夫ですから。さあ早く続きを始めないと、この量を今日中に終わらせることなんてできませんよ」

「……わかりました。ですが辛《つら》くなったらすぐに言ってくださいね」

「はい」

カイゼルと話しているうちに、いつの間にか胸の苦しさはなくなっていた。

(ちょっとした私の変化にも気がついてくれるなんて……なんだか嬉しいな)

今度は胸がほんわりとし、顔が緩《ゆる》みそうになったのだ。そうして再び書類に目を通していると、突然扉が勢いよく開きそこからマリーが入ってきた。

「カイゼル王子！　会いに来ましたよ！」

とてもいい笑顔で遠慮なく部屋に入ってくるマリーを、私とカイゼルは唖然とした顔で見ていた。

（いや、あの……まずノックしていないよね？　それに入室の許可も得ていないし、王族に対しての話し方も……マリーの教育係は、そこらへん教えていないの？）

あまりにも非常識な登場の仕方に、私は頭が痛くなってきた。しかしマリーは全く気にすることもなくカイゼルに近づき、そしてにっこりと微笑んで口を開いた。

「カイゼル王子、私とお話ししましょう」

「いいえ、今は政務中ですので申し訳ありませんがそれはできません」

「え？　……ゲームではいつ会いに来ても、政務なんてしていなかったのに……」

マリーはぶつぶつと難しい顔で呟いていた。

（そう言われれば確かに、ゲーム内のカイゼルはいつ会いに行っても政務を理由に会話を断ることとなんてなかったな～。まあ好感度上げに会話が必要なゲームだったから、製作者側がそんな状況は不必要と思って作らなかったんだろうね。でも実際のカイゼルが政務をしないなんてこと絶対ないし、こんな状況にもなるよね）

困っているマリーを見てそう思った。

「マリー嬢、ゲームとは？」

カイゼルの言葉にマリーは目を泳がせる。

「そ、それは気にしなくていいです！　それよりもその政務はいつ頃《ごろ》終わるんですか？　せっかく会いに来たんだし、終わるまでここで待っていますよ」

「政務はしばらくかかりますし、ここで待たれても困ります」

「私、邪魔なんてしないですよ？」

こてんと首を傾げるマリーを見て、カイゼルは笑みを顔に張り付けた。

（いやマリーそういう意味ではないから。政務には重要書類の確認だってあるんだよ。私は王太子の婚約者で見ることを許可されている人間だからいいけど、全くの部外者であるマリーがもし見たりでもしたらそれこそ大問題になるからさ。カイゼルはそれを気にしているのに……）

だけどそのことに全く気がついていないマリーは、カイゼルが優しく退出を促しているのに居座《いすわ》る気満々だった。そんなマリーにカイゼルの表情は、似非《えせ》スマイルを浮かべたまま固まってしまった。長年の付き合いだからこそ私にはわかる。間違いなくカイゼルは不機嫌だ。

（マリーの恋の邪魔をしないようにと黙《だま》って見守っていたけど……さすがにこれは見過ご

せないわね）

私は小さくため息をついてから話しかけようと口を開くが、その前にマリーがポンと手を叩いた。

「そうかカイゼル王子は私を心配してくれているのですね。ここに居たらその方にいじめられてしまうんじゃないかと思って」

そう言ってちらりと私の方を見てきたのだ。

（あ～そう解釈《かいしゃく》してしまったんだ）

予想外の言葉に頭を痛めていると、さらにマリーはニヤニヤと嬉しそうに話しだしたのだ。

「ふふ、やっぱり会いに来てよかった。だって会っただけでこんなにもカイゼル王子の好感度が爆《ばく》上がりしたんだもの♪」

その瞬間、カイゼルの背中から黒いオーラが勢いよく溢《あふ》れ出《で》たかのように錯覚《さっかく》した。

（いや爆下がりしてるよ‼）

思わず心の中でツッコミを入れこれ以上は駄目《だめ》だろうと、慌てて二人の間に割って入る。

そして関係が崩れないように、マリーをなんとか諭《さと》しつつ帰ってもらうことに成功したのだった。

二　ルート決めの時間です

お父様に集まるよう言われ、城の一室にやってきた。そこにはいつものメンバーが、思い思いに寛《くつろ》いでいる。私はそんな皆《みんな》と時期を考え、何故《なぜ》ここに呼ばれたのか察した。

「セシリア様！」

私の名を呼んで嬉《うれ》しそうにニーナが駆《か》け寄《よ》ってきた。

「ニーナ、お元気そうでなによりです。こうして会えるのは久しぶりですね」

「本当はもっと早くお会いしたかったのですが……」

「お忙《いそが》しそうですものね」

「正直ここまでセシリア様と会えなくなるとは思っていませんでした。ですが与《あた》えていただいたこの役職、セシリア様に失望されないようにしっかりと務めさせていただきます」

「ふふ、無理をしない程度に頑張《がんば》ってくださいね」

「はい！」

元気よく返事をしてくれたニーナを、微笑《ほほえ》ましい気持ちで見ていた。

「セシリア様！　ニーナ！」

レイティア様が私とニーナに抱《だ》きつく。

「三人こうして集まれるなんて嬉しいですわ！」

「私も嬉しいです」

「わ、私もです！」

私とニーナもレイティア様に笑顔《えがお》を向けて抱きしめ返した。そうしてレイティア様は満足げな顔で体を離《はな》すと、急に疲《つか》れたような表情で頬《ほお》に手を添《そ》えて話しだした。

「最近わたくしお父様に連れられて、よく夜会や舞踏会《ぶとうかい》に出席させられていますの。さらに昼間はお茶会……そのせいもあって、お二人になかなか会いに行けないでいたのですわ」

「もしかしてダイハリア様は、レイティア様のお相手を探されているのですか？」

私がそう問いかけると、レイティア様はもう一度ため息をついて答えた。

「ええ、そうなのです。わたくしまだまだ結婚《けっこん》する気はないとお父様にお伝えしていますのに、それでもやめてくれないのですわ」

「ダイハリア様としては、いいお相手を見つけてレイティア様に幸せになって欲しいと思っているのですよ」

「それはわかっているのですが……まあお父様の気が済むまで、付き合ってあげることにいたしますわ」

「ふふ、なんだかんだでレイティア様もダイハリア様のことが大好きですよね」

「き、嫌《きら》いではありませんわ」

顔を赤らめて恥《は》ずかしそうにそっぽを向くレイティア様を、私とニーナはにこにこと笑って見ていた。

「お待たせいたしました」

そう言ってお父様が部屋に入ってくる。そして皆を見回してから口を開いた。

「おそらく皆様《みなさま》、何故ここに集められたのかはだいたい察しておられるとは思いますが、改めてご説明させていただきます。二週間後に新しい『天空の乙女《おとめ》』のお披露目《ひろめ》パレードが催《もよお》され、その時のパートナーをこの中の誰《だれ》かにしていただきたいのです」

お父様の言葉に、誰も驚《おどろ》いた様子はなかった。

「本来であれば、巫女《みこ》であるマリー様と親しい方々に集まっていただくのですが……」

そこまで言って一旦《いったん》口を閉ざし、複雑そうな表情を浮《う》かべる。

「どうもマリー様にはそのような方がいらっしゃらず、ニーナ様と相談しまして説明不要という意味もあり昨年と同じ皆様に来ていただきました。申し訳ないのですが、選ばれた際はパートナーを引き受けていただけると助かります」

「私からもお願いします」

ニーナとお父様は皆に向かって頭を下げた。

「お二人共、頭を上げてください。大丈夫《だいじょうぶ》ですよ。ここに集まった時点で皆断るつもりはありませんから」

カイゼルがそう言って皆を見ると、それに答えるように頷《うなず》き返していた。もちろん私もだ。

(まあニーナの時と違《ちが》って、私が選ばれることは絶対ないだろうけど)

毎回マリーから向けられる鋭《するど》い眼差《まなざ》しを思い出し、内心苦笑いを浮かべる。

「そういえば当の本人であるマリー嬢《じょう》はどうしたのですか?」

「ここにくるよう伝えてあるのですが……」

ニーナは困った表情で扉《とびら》の方を見るのと同時に、大きな音を立ててそこが開いた。

「ようやく見つけた! なんでここは同じような扉が多いの? もう少しわかりやすくして欲しいわ。ゲームだったら選択《せんたく》したらすぐ移動できるのに……歩いて移動するなんて面倒《めんどう》くさい!」

(あ~わかる。それ凄《すご》くよくわかるよ。だって実際のお城って広すぎなんだよね。移動するだけで結構な運動になるし、私も本当に瞬間《しゅんかん》移動できたらいいのにっていつも思っていたもの)

ぶつぶつと文句を言いながら部屋に入ってくるマリーに同意しつつ、皆の様子を見ると唖然《あぜん》とした顔をしていた。

「マ、マリー、皆様の前ですのでその言葉遣《づか》いはちょっと……」

「べつにこれが私なんだからいいでしょ！　それよりもいよいよルート決めね。これ凄く楽しみにしていたんだから」

ニマニマしながらカイゼル達を見回す。その視線にカイゼル達の表情が一瞬《いっしゅん》固まった。

（だから爆《ばく》下がりだって……）

私は額を押さえるしかない。

「マリー、ルート決めというのはよくわからないけれど、これは先程《さきほど》説明したお披露目パレードのパートナー決めよ？」

「それぐらいわかっているわ。大丈夫、ちゃんと選ぶから！　さあ～誰にしようかな？」

マリーはカイゼル達の顔を一人一人楽しげに見つめる。

「大人の色気で魅了《みりょう》してくれるアルフェルド皇子もいいし、天使のような小悪魔《あくま》のレオン王子も捨てがたい。それにカッコよく私を守ってくれるビクトルもいいし、ツンデレがたまらないシスランもいいわね。ん～でもやっぱり、最推《お》しのカイゼル王子かな。顔も性格もドストライクなんだもの。よし決めた！　カイゼル王子を選ぶわ！」

カイゼルを見て宣言した。

（予想はしていたけどやっぱりカイゼルを選んだのね。これでニーナの時と違って、誰と

恋《こい》に落ちたいのかがわかってよかった。後はカイゼルとの仲を応援《おうえん》しなければ）

そう考えた途端《とたん》、また胸がズキンと小さく痛み困惑《こんわく》した。

「あ〜えっとマリー様は、カイゼル王子をパートナーとして選ばれたということでよろしいのですよね？」

「そうよ。そう言っているじゃない」

お父様の確認《かくにん》に何を聞いていたのかというような顔をする。

「すみません、後で本人にはちゃんと言っておきますので」

「よろしく……お願いいたします」

笑顔のまま眉間《みけん》に皺《しわ》を寄せたお父様にニーナが謝っていたが、マリーは全く悪びれる様子もなかった。

（これは先が思いやられそう……）

その後パートナーであるカイゼルと当日の警備担当のビクトルを交えて話し合いがおこなわれ、用事のなくなった私達は先に帰されたのだった。

お披露目パレード当日——。

私は皆と一緒《いっしょ》に城の玄関《げんかん》前で、カイゼルとマリーが乗る馬車を見送った。

（昨年はあれに私とニーナが乗っていたんだよな～）

しみじみしながらも、私はあることをするためそっと皆から離れ使用人達が使う出口に向かっていた。

「おい、どこに行くつもりだ」

「っ！」

後ろから声をかけられ驚いて振《ふ》り返《かえ》ると、そこには腕《うで》を組み仁王立《におうだ》ちしているシスランがいたのだ。

「シスラン、どうしてここに⁉」

「お前がコソコソとどこかへ行くのが見えたからな。まあどこに行くつもりかはおおよそ見当はつくが。どうせパレードの様子が気になって見に行くんだろう？」

「えっと……」

視線を逸《そ》らしとぼけようとした。

「誤魔化《ごまか》そうとしても無駄《むだ》だからな。それよりもどうやって行くつもりだったんだ？」

「え？　それはもちろん走って……」

「馬鹿かお前は。いくらパレードのためにゆっくり馬車が走るからって、人間の足で追いつけるわけないだろう」

「頑張れば追いつけるかなっと……」

「はぁ〜もういいから俺と一緒にこい」

そう言ってシスランは私の腕を摑《つか》み歩きだした。

「どこに行くの？」

「俺の馬車がすぐ近くにあるからな。一緒に行ってやるよ」

「シスラン……ありがとう」

「ふん、ただの気まぐれだ。それにセシリアを一人で行かせて、迷子にでもなったらそれこそ面倒だからな」

「なっ⁉ 私、もう子どもじゃないわよ！」

ムッとした顔を向けると、シスランは口を手で隠《かく》して笑いを堪《こら》える。

「くく、ほらあまり遅《おそ》くなると追いつけなくなるぞ」

「あ、ちょっと待ってよ！」

シスランは私の腕を離し先を進みだしたので、慌《あわ》ててその後ろを追いかけたのだった。

パレードコースから少し離れた場所に馬車を止め、私とシスランは頭からフードを被《かぶ》りコートで身を隠して目的の場所に向かった。

「予想はしていたけど、大勢の人が集まっているわね」

私は沿道に集まる人々を見回し、驚きの表情を浮かべる。

「まあ異例の巫女就任だからな。皆期待と不安、それに興味本位で見に来ているんだろう」

「そうよね」

私は人々の表情を見て納得《なっとく》する。すると道の先から、カイゼル達が乗った馬車が見えてきた。それと同時に周りから歓声《かんせい》があがりだす。

(ここに来たのはカイゼルルートの状態を確認して、今後の行動を決めるためなんだから)

何故か自分に言い訳し、じっと馬車が近づいてくるのを待っていた。しかし何か様子がおかしいことに気がつく。普通《ふつう》ならどんどん歓声が大きくなるはずなのに、どうしてか逆に盛り下がっているようだった。

「どうしたんだろう?」

首を傾《かし》げていたが、すぐにその理由がわかった。

「なんだあれは……」

シスランは眉間に皺を寄せながら、呆《あき》れた表情を浮かべる。私もなんとも言えない気持ちでカイゼル達を見ていた。

屋根のない馬車に乗っているカイゼルは、集まった民衆に笑《え》みを向けて手を振っている。

だけど隣《となり》に座るマリーはカイゼルに寄りかかり、うっとりとした顔を向け全く人々を見ようとしていないのだ。そんなマリーの様子に、歓声がどんどんと小さくなっていく。

（いやいやマリー、これは誰のためのパレードかわかっているの？）

なんだかイライラして、心の中でツッコんでしまった。するとマリーはカイゼルの腕に自分の腕を絡《から》め抱きついたのだ。

「っ！」

その瞬間息ができないほど胸が締《し》めつけられ、思わず俯《うつむ》く。

（なんでこんなに苦しいの？）

腹の底では、何か黒いものが押し上がってくるような感覚までし始め戸惑《とまど》いだす。

「おい、セシリア大丈夫か？」

そんな私の様子を心配したシスランが、背中を擦《さす》り顔を覗《のぞ》き込んできた。私は頷き笑みを作って顔を上げる。

「大丈夫よ、ただちょっと人に酔《よ》ったみたい。……もう帰ろうか」

「わかった……」

シスランは私の顔をじっと見てから、それ以上何も聞かず一緒に歩いてくれた。そうして人混みを避《さ》けるため路地に入った私は、女の子とぶつかってしまう。

「きゃぁ」

「ごめんなさい！」

後ろに倒《たお》れそうになったのを慌てて受け止め謝る。

「……あれ？　あ、王子様みたいなお姉ちゃんだ！」

「え？」

驚いてよく見ると少し背が大きくはなっていたが、ニーナのパレードの時に飛び出してきた女の子だと気がつく。

「あの時の！」

「セシリア、その子は？」

シスランは私と女の子を交互《こうご》に見て、不思議そうにしていた。

「去年のお披露目パレードでニーナが助けた子よ」

「ああ、そんな話を聞いたな」

「まさかまた会えるなんて嬉しいです。そういえばお名前をお聞きしていなかったですね」

「あたしはラナだよ」

「ラナちゃんね。あれ？　今日はミーちゃんと一緒じゃないのですか？」

「ミーちゃんならそこにいるよ」

ラナが私の足元を指差したと同時に、モフッとした感触《かんしょく》が足に触《ふ》れ驚いて下を見る。

するとそこには灰色の綺麗《きれい》な毛並みに、赤いリボンを首に巻いた成猫《せいびょう》が私の足に体を擦《す》りよせていた。さらに私を見上げ可愛《かわい》らしくニャ～と鳴く。

「あなたあのミーちゃんなのですか？　ふふ子どもの成長は本当に早いですね。一年であっという間に、二人共ここまで大きくなったんですもの」

感慨深《かんがいぶか》い気持ちになりながら猫《ねこ》を抱き上げ頭を撫《な》でてあげると、ゴロゴロと嬉しそうに喉《のど》を鳴らした。

「もしかしてパレードを見に行くところだったのですか？」

「……ううん。もう帰るところ」

急にラナは顔を曇《くも》らせ、私から猫を受け取る。

「どうかしたのですか？」

様子のおかしいラナを心配してしゃがみ込むと、猫をぎゅっと抱きしめモフモフの毛に顔を埋《う》めぼそりと呟《つぶや》いた。

「あたしあの巫女様嫌い」

「……」

その言葉になんとも言えない表情を浮かべ、黙《だま》ってラナの頭を撫でたのだった。

（子どもは正直だ）

「シスラン、付き合ってくれてありがとうね」

「べつにお前のためだけじゃないからな。俺もパレードの様子が気になっただけだ。だからお礼なんていらない」

ふんと顔を逸らされたが、結局私の部屋まで送ってくれることに。しかしその道中、私達は声をかけられた。

「おやそこにいらっしゃるのは、シスラン殿《どの》とセシリア様ではありませんか」

その声に振り向くと、にこにこと笑う大臣の服を着たたれ目で恰幅《かっぷく》のいい中年男性が立っていた。

(ん〜どこかで見たことがあるような……)

そんなことを思っていると、察したシスランが私に小声で耳打ちする。

「前に俺の悪口を言っていた奴《やつ》だ」

「……あ！」

取り巻きらしき男と廊下《ろうか》を歩きながら、シスランのことを散々悪く言っていたことを思い出す。

（えっと、確か名前は……ジル・ロンウェル伯爵《はくしゃく》。財務大臣で結構な財力がある家だったはず。実はシスランの件でムカついたから、あの後ちょっと調べてたんだった）

頭の中で情報を思い出しさすがに無視するわけにもいかないので、嫌悪《けんお》感を抑《おさ》えながら笑みを浮かべ話しかける。

「ロンウェル伯爵、ご機嫌《きげん》がよろしいようですが何かあったのですか？」

「わかりますか？　実は今、手続きを終えたところでして」

「手続き、ですか？」

何が言いたいのかわからず、シスランを見るが首を横に振られてしまった。そんな私達を見てロンウェル伯爵は笑みを深める。

「ええ、『天空の巫女』に選ばれたマリー嬢をワシの養女にする手続きをね」

「え？」

「いや～ワシには息子《むすこ》はいるのですが娘《むすめ》がいませんのでね。亡《な》くなった妻もずっと娘を欲《ほ》しがっていましたし、聞けばマリー嬢のご両親はすでに他界しているとのこと。それならばワシが養父となり後見人をしてあげようと思ったのです。そうすれば『天空の乙女』の役を終えた後、いいお相手との婚姻《こんいん》も可能になりますからな。例えば……王太子とか」

私を見ながらニヤリと笑うロンウェル伯爵に、全てを察した。

（マリーをカイゼルの妃《きさき》にして、確固たる地位と発言力を得るつもりだ）

これはロンウェル伯爵からの宣戦布告だとわかり困惑する。すると私を庇《かば》うようにシスランが前に出た。

「ロンウェル伯《はく》、カイゼル王子の婚約者《こんやくしゃ》に対して失礼だと思うが？」

ロンウェル伯爵にシスランは鋭い視線を向ける。

「ワシはただ可能性の話をしただけですよ。だが気分を害したのであれば謝ります。セシリア様、すみません」

「……いえ」

どう見ても口先だけの謝罪に、私は笑みが崩《くず》れるのを必死に我慢《がまん》した。

「あ〜シスラン殿ずっと気になっていたんだが、あの王族や騎士《きし》団長といったそうそうたるメンバーの中で、爵位《しゃくい》もまだないのによく一緒に居られますな〜。その図太い神経には感心させられるよ」

「……っ」

シスランは険しい表情で、手をぎゅっと握《にぎ》りしめた。

（嫌《いや》な言い方！　それにシスランには話し方も変えているし。……だけどそうか、シスランが私達を見て何か考え込んでいたのはそういうことだったのかもしれない）

当たり前のように皆と一緒にいたからまさかそんな気持ちでいたとは思わず、気がついてあげられなかったことに不甲斐《ふがい》なさを感じる。

「おや？　もしや気にされたかな？　それはすまないことを言ってしまったね。しかし今回はマリー嬢の教育係にも選ばれなかったようだし、可哀想《かわいそう》に」

ロンウェル伯爵はニヤニヤしながらシスランを見下す。だけどシスランは小さくため息をついてから、いつもと変わらない様子で口を開く。

「それは俺から断ったからだ。……もうすぐ王宮学術研究省の採用試験があるからな。それに集中するためだ」

「ああそういえばそうだったな。実はワシの息子もその試験を受けることになっていてね。採用枠《わく》は一人という狭《せま》き門。それでも間違《まちが》いなくワシの息子、マクスが受かるだろうがな。まあ誰かがコネ採用を使わねばだが。さてワシは忙しいのでこれで失礼するよ」

ロンウェル伯爵は意味ありげな視線をシスランに向け、ふんと鼻で笑ってから去っていこうとした。

（はぁ～？　シスランがそんなことするわけないじゃない！）

私はムカムカしながらロンウェル伯爵にひとこと言ってやろうと一歩踏《ふ》み出《だ》そうとしたが、シスランに手で押さえられてしまう。そして私を見ながら首を横に振った。

「だけどシスラン……」

「俺は大丈夫だ。あんな奴の言うことなんて気にするな」

そうこうしているうちにロンウェル伯爵の姿は見えなくなってしまった。私はシスランの前に移動すると、両方の手を胸の前で握りしめ真剣《しんけん》な表情を向ける。

「シスラン！　ロンウェル伯爵の息子なんかに負けないでね！」

「あ、ああ」

「というか、採用試験があるなら言って欲しかった」

「……本当は、受かってから教えるつもりだったんだ」

「どうして？　私邪魔《じゃま》なんてしないのに。むしろ応援するよ」

不思議そうに聞くと、シスランは視線を逸らした。

「セシリアに甘えないよう俺の戒《いまし》めのためだ。そもそも俺はロンウェル伯が言うように、他の奴と張り合える位置に立てていない。だからこそもっとも入るのが難しいと言われている王宮学術研究省の採用試験に受かって、堂々とお前の前に立ちたいと思っている」

「シスランはシスランだよ。そんなこと気にしなくてもいいのに」

「男として譲《ゆず》れないものがあるんだよ。これぱかりはどう言われても、考えを変える気はないからな」

「シスラン……」

「ほらいいからそろそろ戻《もど》るぞ」

私の横をすり抜《ぬ》け前を歩きだす。その背中に向かって私は声をかけた。

「シスランなら絶対受かるよ！」

「ふん、当然だ。俺を誰だと思っている」

シスランは振り向き、眼鏡を指で押し上げながら自信満々に笑ったのだった。


部屋に戻った私は、ソファに座りながら考え事をしていた。

（マリーが伯爵令嬢《れいじょう》になるのか……ゲームの時のニーナにはそんな設定なかったのに、今回はそういう流れになるんだね。確かにいくら巫女という特別な存在でも、平民と貴族では王族との結婚のしやすさが違うからな～）

ゲームではニーナが幸せそうにカイゼルと結婚していたが、そこまでの経緯《けいい》は省かれていた。だからこそマリーの養女という追加展開に納得する。

（カイゼルとマリーが結婚、か……）

ヒロインなのだから最後にはそうなる可能性があるのだとわかっているのに、何故か考えるだけで気分がどんどんと落ち込んでしまう。

（私、どうしたんだろう？）

ニーナの時ほど、マリーとカイゼルをくっつけるのに積極的になれない自分に戸惑っていた。するとその時、扉がノックされそこからカイゼルが部屋に入ってきたのだ。

「カイゼル⁉　もうパレードは終わったのですか？」

私は慌ててソファから立ち上がり、カイゼルのもとに向かった。

「ええ。少し予定を早めて戻ってきました」

「えっと、お疲れさまです。どうぞ座ってください。今お茶を用意しますね」

「ありがとうございます」

侍女頭《じじょがしら》のダリアにお茶をお願いし、先にソファに座ったカイゼルの前の席に移動しようとした。しかしそんな私の手をカイゼルが摑み、強制的に横に座らされる。

「カイゼル？」

「私の隣にいてください」

「……わかりました」

諦《あきら》めて頷いたがふとあることに気がつく。

「なんだかとても疲れているように見えますが、大丈夫ですか？」

「正直少し……いやだいぶ疲れています」

「それでしたら無理せずお部屋で休まれた方が」

「いえ精神的に疲れているだけですので、ここで休めば治りますよ」

「精神的って……」

「実はパレード中に何度も、民衆に手を振るようマリー嬢に注意をしていたのですが……

全く聞いてもらえなかったのです」

ため息を漏《も》らしそっと私の手を握る。その瞬間心臓がドキッと跳《は》ねた。

「だからセシリアに癒《いや》して欲しいのです」

「い、癒してって……そもそのマリーさんはどうしたのです？　おそらく一緒にいて欲しいとお願いされたのではないですか？」

「……ええされました。ですがビクトルが快く後を引き受けてくれましたよ」

にっこりと似非《えせ》スマイルを浮かべるカイゼルを見て、間違いなくビクトルに押しつけてきたのだと察した。

（頑張れビクトル）

心の中でビクトルを応援しつつ、ダリアが用意してくれたお茶を飲むためと言って手を離してもらう。その時気がつかれないように小さく息を吐《は》いた。実は握られている間、ずっとドキドキしっぱなしだったからだ。

「そういえばセシリア、いくら治安がいいからといって護衛も付けずにパレードを見にくるのはどうかと思いますよ」

「うっ！　……ど、どうして知っているのですか⁉」

思わず口に含《ふく》んだ紅茶を吹《ふ》き出しそうになったが、手で押さえなんとか飲み込んだ。そして動揺《どうよう》しながらカイゼルを見ると、とても真剣な表情で私の方を向いていた。

「カイゼル？」

「セシリア、貴女《あなた》がどこにいても私が必ず見つけます」

「っ！」

再びドキッと心臓が跳ね、思わず俯いてしまう。

(どうしたんだろう私？　カイゼルの言葉が凄く嬉しいだなんて。でもそっか……あんな人混みの中でも私を見つけてくれたんだ)

なんだか顔がニヤけそうになるのを必死に我慢していたが、ふとパレードでのカイゼルとマリーの様子が頭をよぎった。そして少し視線を上げると、カイゼルの腕が目に入る。

その瞬間、カイゼルの腕にマリーが抱きついた時のことが脳裏《のうり》に浮かんだ。

(この腕にマリーが……)

私は無意識に手を伸《の》ばすと、その腕にぎゅっと抱きついた。

「セ、セシリア⁉」

カイゼルの驚きの声に我に返ると、慌てて手を離す。

「いや、あの、これはその……」

何故こんなことをしてしまったのかわからず手を振って動揺していると、カイゼルが私の肩《かた》を掴む。

「セシリア落ち着いてください」

だけど肩を掴まれたことでさらに動揺が激しくなり、急いで立ち上がる。そしてくるりと体の向きを変えた。

「そ、そうでした！　お父様に呼ばれていたのを忘れていました！　すみませんが行ってきますね！」

「あ、セシリア！」

後ろから呼び止められるが振り返ることなどせず、そのまま部屋から飛び出していったのだった。

三　新ヒロインと攻略対象者達

お披露目《ひろめ》パレードから数日後、マリーは城の中庭に併設《へいせつ》されている温室に足を運んだ。

そしてゆっくりと扉《とびら》を開けると、中を確認《かくにん》してニヤリと笑う。

「ふふ、いたいた」

足取り軽くマリーは中に入っていく。

「アルフェルド皇子、こんにちは」

「やあ、マリー嬢《じょう》こんにちは」

椅子《いす》に座り優雅《ゆうが》にお茶を飲んで寛《くつろ》いでいたアルフェルドが、マリーを見て妖艶《ようえん》に微笑《ほほえ》む。

その瞬間《しゅんかん》、マリーの顔が一気に赤らんだ。

(ヤバイ！　アルフェルドの色気半端《はんぱ》ない！)

激しい動悸《どうき》と共にテンションが上がりまくるマリーだった。

「マリー嬢、私に何か用でも？」

「え？　あ～えっと、私も一緒《いっしょ》にお茶してもいいかしら？」

「私と？　ええ構わないよ」

再び微笑むアルフェルドを見てマリーは身震《みぶる》いし、いそいそとアルフェルドの向かいの席に座ると侍女《じじょ》が机にお茶を用意する。そのお茶を一口飲んで、マリーは驚《おどろ》きに目を瞠《みは》った。

「凄《すご》く美味《おい》しい！」

「ふふ、貴女《あなた》のような麗《うるわ》しい方に気に入ってもらえて光栄だ」

「まあ、麗しいだなんて」

「本当のことを言ったまでだよ」

「うふふ、ありがとう」

満更《まんざら》でもない顔で頬《ほお》を緩《ゆる》ませているマリーを、アルフェルドはじっと見ていた。その視線に気がついたマリーは内心ほくそ笑《え》む。

（もしかしなくてもアルフェルド、私のこと好きになったわね。さすが私だわ。会うだけで簡単に好感度を上げてしまえるんだもの。ふふ、この調子でカイゼルはもちろんだけど、他の攻略《こうりゃく》対象者達もどんどんと落として、ゲームではできなかった逆ハーレムを目指すわよ！）

攻略対象者全員にちやほやされている姿を想像し、顔のニヤけが止まらなくなっていた。

「マリー嬢、何か嬉《うれ》しいことでもあったのかい？」

「いえ、これから起こるの」

「へ〜それはどんなことだい？　貴女の可憐《かれん》な声で教えて欲しいな」

アルフェルドは机に両肘《りょうひじ》を置き、手を組んで顔を近づけると妖《あや》しく微笑む。

「っ！」

間近で見たアルフェルドの微笑みに、マリーは顔を真っ赤にして言葉を詰《つ》まらせた。アルフェルドは口角を上げると、さらに優《やさ》しく名前を呼ぶ。

「マリー嬢」

「し、仕方ないわね。実はあなた達をあの悪役令嬢《れいじょう》から解放してあげようと考えていたのよ」

「悪役令嬢？　それは一体誰《だれ》のことを言っているんだ？」

「それはもちろんセシリア……セシリア・デ・ハインツのことよ」

「……」

その瞬間、アルフェルドの表情がスッとなくなった。しかしマリーはその変化に全く気づかず、ペラペラと話し続ける。

「だってあなた達、セシリアのわがままで取り巻きみたいにされているわよね？　だから私の叙任《じょにん》式で挨拶《あいさつ》にこられなかったんでしょ？　大丈夫《だいじょうぶ》安心して。私を選べば自動的にセシリアはいなくなるんだから。もう本当にセシリアってウザイわよね。ただ私の邪魔《じゃま》をするだけのあて馬キャラなのに、まるで自分がヒロインみたいな顔であなた達をはべらせているんだもの。高慢《こうまん》でわがままで性格が最悪のまさに悪役令……」

するると突然《とつぜん》、アルフェルドが机を強く叩《たた》いた。その音に驚き、ようやくマリーはアルフェルドの異変に気がつき表情が固まる。

「ど、どうしたの？　そんな怖《こわ》い顔をして」

目を据《す》わらせじっとマリーを見てくるアルフェルドに恐怖《きょうふ》さえ感じた。アルフェルドは一度目を閉じてから、スッと席を立つ。

「マリー嬢、私はもう戻《もど》らせてもらう」

そう言ってマリーに背を向けると出口に向かって歩きだした。侍女も素早《すばや》く片付けを済ますとその後についていく。

「え？　ちょっとアルフェルド皇子⁉」

突然のことに動揺《どうよう》しながらマリーは席から立ち上がり、慌《あわ》てて追いかける。だけどその行く手を侍女が遮《さえぎ》った。

「ちょっと邪魔よ！」

その声にアルフェルドは足を止め、マリーの方を振《ふ》り返《かえ》る。しかしその目は冷たかった。

「なん、で？」

意味がわからず戸惑《とまど》っていると、アルフェルドが妖艶に微笑んできた。その顔を見た途《と》端《たん》、背筋がぞっとし体が無意識に震《ふる》えだす。さすがのマリーも気がついた。目が笑っていないことに。

「ひとつ忠告しておこう。もしまたセシリアを貶《けな》すようなことがあれば、私が許さないからそう覚えておくように」

「……は？」

「では今度こそ失礼する」

呆気《あっけ》にとられているマリーをその場に残し、アルフェルドは温室から出ていったのだ。

私は用事を終え中庭に面した通路を歩いていた。すると温室からアルフェルド皇子が出てくるのが見えた。

（相変わらず温室の花々を眺《なが》めるのが好きなのね。砂漠《さばく》の国では、あそこまで色んな種類の花を見ることができないからかな～。……ん？　でも何か様子がおかしいような……）

いつもの上品な歩き方とは違《ちが》い大股《おおまた》でズンズンと進んでいる。それに表情も険しく一体どうしたんだろうと首を傾《かし》げていると、私に気がついたアルフェルド皇子が何故《なぜ》か真《ま》っ直《す》ぐ、そして速度を上げて向かってきたのだ。

「え？　え？　何？」

戸惑っているうちにアルフェルド皇子が目の前までやってきて、そのまま無言で抱《だ》きしめられてしまう。

「アルフェルド皇子⁉」

動揺していると、アルフェルド皇子がじっと私の顔を見つめてきた。

「……セシリアのどこをどう見たら、あのような事が言えるのか」

「え？」

全く意味がわからず困惑《こんわく》していると、突然体を離《はな》され今度は手《て》の甲《こう》に口づけを落とされてしまったのだ。その瞬間一気に顔が熱くなる。

「セシリアの顔を見られて気持ちが落ち着いた。ありがとう。では私はこれで」

「ちょっ、アルフェルド皇子⁉」

すっかりいつものアルフェルド皇子に戻ると、妖艶に微笑まれそのまま去られてしまった。

（一体なんだったの？　そもそも温室で何が……あれ？　あそこにいるのはマリーだよね？　でもあっちもなんだか様子が……）

温室内を覗《のぞ》き見ると、一人呆然《ぼうぜん》と立《た》ち尽《つ》くしているマリーの姿がそこにあった。私はそんなマリーのことが気になり、温室に入っていく。そして恐《おそ》る恐る声をかけた。

「マリーさん？」

「っ！」

私が入ってきたことにも気がついていなかったようで、肩《かた》をビクッと震わせゆっくりとこちらを見てきた。

「驚かせてしまったようでごめんなさい。だけどどうかされたのですか？」

そう問いかけただけなのに、何故か凄い形相で睨《にら》まれてしまう。

「……なんで」

「え？」

「なんであなたのせいで、私が嫌《きら》われなくちゃいけないのよ！」

大きな声で怒鳴《どな》ると、そのまま温室から駆《か》け出《だ》していってしまった。そんなマリーを呆然と見送りながら呟《つぶや》く。

「いやもう本当になんなの？」

状況《じょうきょう》が理解できず今度は私の方が、その場に立ち尽くすことになったのだった。


翌日、朝からマリーは城の中を歩き回り、ようやく目的の人物を人通りの多い廊下《ろうか》で発見する。

「レオン王子！」

「ん？　あ、マリーこんにちは」

「ふふ、こんにちは」

お互《たが》いにっこりと笑い合う。

（昨日はどうしてかアルフェルドの攻略に失敗したけど、次は大丈夫なはず。だってレオンは基本的に好感度上げやすいキャラだもの）

「それで僕に何か用？」

首を傾げて問いかけてくるレオンを見て、マリーは頬を緩ませた。

（ん～やっぱりレオン可愛《かわい》い～！）

そう思いながらもマリーは話を続けた。

「レオン王子と話がしたくて捜《さが》していたの」

「僕と？　うん、いいよ」

天使のような笑《え》みを浮《う》かべるレオンに、マリーは悶絶《もんぜつ》しそうになった。

（これこれ、これが見たかったのよ！）

ゲームではない生の笑顔に、この世界に転生できて本当によかったと実感する。そうしてしばらくマリーは、レオンとの他愛ない会話を楽しんでいた。その間近くを通り過ぎていく人々は、二人をちらりと見るが特に気に止めることはしなかった。

（レオン王子との会話はバッチリね。どんどん好感度が上がっているのがわかるわ。ん～

だけどこのままだと、普通《ふつう》の恋愛《れんあい》ルートに進んでレオン王子のヤンデレが見られないかも）

マリーは難しい顔で考え込んだ。

「マリーどうかしたの？」

レオンはマリーを見ながら不思議そうに首を傾げる。すると突然マリーは大きな声を出してきた。

「やっぱりレオン王子のヤンデレが見たい！」

「……は？」

マリーの発言にレオンはポカンと固まる。

「ヤン、デレ？」

「そうヤンデレよ！」

戸惑うレオンをよそにマリーは力強く言いきったのだ。

私はお父様から頼《たの》まれた用事を済ませ自室に向かっていた。

「さすがに疲《つか》れたから、ダリアのお茶を飲んでちょっと休憩《きゅうけい》しよう。午後にはシスランの手伝いをする約束もあるし。……はぁ～それにしても昨日のアルフェルド皇子とマリーって、一体なんだったんだろう？」

どれだけ考えても何故あんな扱《あつか》いを受けたのかわからず唸《うな》りながら歩いていると、人通りの多い廊下に差しかかる。するとその時、私の耳にとんでもない言葉が聞こえてきたのだ。

「やっぱりレオン王子のヤンデレが見たい！」

（ん？）

私はピタリと足を止め、その声が聞こえた方を見る。するとそこには、レオン王子とマリーが向かい合って立っていた。

（今なんかヤバイ発言が聞こえたような……）

どうやらそう感じたのは私だけではないらしく、廊下にいた人々も言葉の意味はわかっていないようだけど足を止めてレオン王子達の様子を窺《うかが》い見ていた。

「……仕方ない。ダリアには甘いお菓子《かし》も追加で用意してもらおう」

小さくため息をつくと二人のもとに歩みを進めたのだ。

「レオン王子、マリーさんこんにちは」

にっこりと笑みを浮かべて二人に声をかけると、驚いたように振り向かれた。

「セシリア姉様！」

「姉様？　あなたレオン王子にそんな風に呼ばせているの？　羨《うらや》ましい……」

「えっと、私からお願いしたことではないのですが」

困り顔のまま私はレオン王子の横に立つ。その行動にマリーは眉《まゆ》をひそめた。

「何？　私は今レオン王子と話していたんだから、邪魔しないで欲しいんだけど」

「ごめんなさい。べつにお邪魔をするつもりはなかったのですが……お二人がとても楽しそうにお話しをされていましたので、私も少し混ぜていただきたいと思ったのです」

「それが邪魔だと言っているのよ。私はレオン王子と二人で話したいの。あなたはどっか行きなさいよ」

マリーのキツイ言い方に、一瞬《いっしゅん》レオン王子から不穏《ふおん》な気配を感じ焦《あせ》る。

（お願いだからこれ以上レオン王子を刺激《しげき》するのはやめて。正直一番レオン王子が怒《おこ》ったら何をするかわからないんだから）

監禁《かんきん》された時のことを思い出しながら、平静を装《よそお》って話を続けた。

「わかりました。すぐに行きますが、少しだけいいですか？　先程《さきほど》聞こえてきた『ヤンデレ』という聞きなれない言葉は、レオン王子を褒《ほ》め称《たた》えているんですよね？」

私はそう言いながらちらりと周りを目で指し示す。マリーの発言によってレオン王子の評判が悪くならないように、話を合わせてくれるのを願って。だけどマリーは……。

「当たり前よ！　ヤンデレというのは、病《や》んでしまうほど愛してくれるという意味なの。普段《ふだん》の可愛らしいレオン王子もいいけど、やっぱり私はヤンデレ姿が好き。だからそのヤンデレの時にしか見られない、レオン王子の部屋にある監禁部屋も見てみたいわ！」

「「！」」

私とレオン王子は同時に固まる。そして私達を見ていた人々も明らかに動揺していた。

（それ言ったら駄目《だめ》なやつ！　マリー的には褒め称えているつもりみたいだけど、違うから。はぁ～仕方ない。マリーのためにも、ここはなんとか収めるか）

泣きたくなるのをぐっと堪《こら》えながら、わざと大きくため息をついて呆《あき》れた表情を向けた。

「何か勘違《かんちが》いをされているようですが、レオン王子のお部屋に監禁部屋なんてありません」

「あら、あなたが知らないだけであるのよ。まああなたには一生関係のない部屋だけど」

腕《うで》を胸の前で組んで自慢《じまん》気な顔を向けてくる。

（いやむしろ私のために用意されて、がっつり使われたんだけどね）

そんなことが言えるわけもなく、小さく息を吐いてから姿勢を正した。

「おそらくマリーさんが言われているお部屋は、レオン王子の寝室《しんしつ》から繋《つな》がっている場所のことですよね？」

「……なんであなたがそんなこと知っているのよ」

「レオン王子に案内されて入りましたので。そしてそこは監禁部屋などではなく、レオン王子の鉱石コレクションのお部屋になっています」

「はあ？　そんなわけないわ！」

「ですが実際そうでしたので。それにランドリック帝国《ていこく》のヴェルヘルム皇帝《こうてい》陛下もご一緒に入られましたから、まず間違《まちが》いないですよ。そうですよね、レオン王子」

私はレオン王子に同意を求める。その時目配せをしてあげた。するとレオン王子はぎゅっと私の腰《こし》に抱きつきながらマリーに答えた。

「うん。セシリア姉様もヴェルヘルム皇も、僕のコレクション部屋に来てくれたよ」

「どうして抱きつくの！　いやそんなことよりも、ないはずは……」

戸惑いながら私と抱きついているレオン王子を交互《こうご》に見てくる。私はため息をつくとマリーに小声で話しかけた。

「マリーさんは気がついていないのかもしれませんが、貴女の発言は不敬罪に当たりますす」

「え？」

「このような多くの人に見られる場所で監禁部屋などと言えば、事実ではなくともレオン王子の評判を悪くさせてしまうからです」

私はそう言って再びちらりと周りに視線を向ける。そこでようやくマリーは自分達がどんな目で見られていたのか気がついたようだ。

「っ……わ、私はそんなつもりで言ったんじゃないわ！」

マリーは数歩下がってから叫《さけ》ぶと、踵《きびす》を返し慌てて走り去っていった。その後ろ姿を見送ってから、まだ私達を見てコソコソ話をしている人達に聞こえるようわざと大きな声を出す。

「マリーさんにも困ったものですね。この前マリーさんが好きだと言っていた本は私も読んだことがあるのですが、恋人《こいびと》役の男性がレオン王子と立場も見た目もそっくりな方だったのです」

「へ〜そうなんだ」

レオン王子は私の意図に気がつき、体を離して話しやすいように正面に立った。

「ええ。そしてその中でレオン王子のそっくりさんが、重い愛ゆえに主人公の女性を監禁するシーンがありました。きっとそれを読んで妄想《もうそう》が膨《ふく》らみ、レオン王子にその願望を重ねてしまったのでしょう。まあ今まで王族、それも王子様とお近づきになれる機会なんてなかったでしょうし、間違った認識《にんしき》をしてしまうのも仕方ないですね」

「確かにそうかもね。夢を壊《こわ》して悪かったけど、ないものはどうにもならないからな〜」

「そうですね。マリーさんも今頃は反省していると思いますよ。だって勘違いでしたから」

「うん、勘違いだったね」

私達はそう言いながらちらりと周りに視線を送る。すると見られた人々はバツが悪そうな顔で目を逸《そ》らし、そそくさと去ってしまった。その様子を見て私は胸を撫《な》で下《お》ろす。

「セシリア姉様」

「はい、なんでしょう？」

「……ありがとう」

「いえ、どういたしまして」

私はにっこりと微笑んだのだった。

レオンのもとから慌てて去った日の午後、マリーは図書室の中に入りキョロキョロと見回しながら奥に進む。すると机に向かって真剣《しんけん》に勉強をしているシスランを発見しニヤリと笑った。

（居たわ。シスランはレオンと違って大概《たいがい》図書室にいるから出会いやすいのよね。それにまだこの段階なら、あの悪役令嬢は現れないはずだし……今度こそ成功させてみせるわ！）

手を握《にぎ》りしめて意気込んでみせる。

「ふふ、見た限り他に誰もいないし好感度上げには最適な状況ね」

そう確信しながらシスランに近づいていった。

「シスラ〜ン」

マリーの元気な声に、シスランは手を止め顔を上げる。そして嫌《いや》そうに眉間《みけん》に皺《しわ》を寄せた。

(シスランの最初は、こんな態度だから気にしな〜い。それにシスランには、ちょっとぐいぐい行くぐらいが攻略のコツなんだし、もっと頑張《がんば》ろう！)

冷たい眼差《まなざ》しを向けられても平然とし、なんの躊躇《ためら》いもなく机の前に立つ。

「……俺に何か用か？」

「ねえシスラン、私に勉強を……」

「断る」

マリーが全部を言いきる前にバッサリと答えられる。

「そんな食い気味に言わなくてもいいじゃない！」

「見ればわかるだろう。俺は忙《いそが》しいんだ。それにお前にはちゃんと、教育係がついているだろう？　そいつに教えてもらえ」

「私はシスランに教えて欲しいの！」

「……そもそもお前、勉強道具を持ってきていないだろう」

「あ、そういえば必要だったわね。シスランに会うことで頭がいっぱいだったから、忘れていたわ。だったらシスランが勉強しているその本見せてよ」

そう言って許可も得ずシスランの隣《となり》の席に座ってしまった。シスランはそんなマリーに眉間の皺を増やしてしまう。しかし相手にするだけ時間の無駄《むだ》だと考えたシスランは、無視することに決めた。

「ねえねえ、そこはなんていう意味なの？」

「……」

「次のページ見てもいい？」

「……」

「もっと読みやすいのがいいな～」

「……」

「本ばかりでつまらない。そうだ！　勉強ばかりしていないで、気晴らしにどこかへ遊びに行きましょう」

パンと音を立てて手を叩き、いいことを思いついた顔でシスランを誘《さそ》う。そんなマリーにシスランは大きくため息を吐くと、目を据わらせて言い放った。

「一人で行ってこい」

「え～シスランがいないと意味がないんだけど」

「そんなこと知るか！　何度も言うが俺は忙しいんだ。勉強の邪魔をするな」

「邪魔なんてしていないのに」

「これを邪魔じゃないと言いきるお前の神経が俺にはわからん」

イライラした様子で額に手を当てた。

(ん〜ゲームでもここまで冷たく突《つ》き放《はな》されなかったのにな〜。あ、もしかしてこれって照《て》れ隠《かく》しかも！　だって私のような美少女に誘われて嫌な気になるわけないもの)

そうわかるとニヤニヤしながらシスランの腕に手を添《そ》える。

「ツンデレのツンの部分はもういいから、そろそろデレの部分見せてよ」

「は？　何言っているんだお前？」

理解できないものを見る目をマリーに向けたその時――。

「ちょっとマリーさん！　貴女何をしているのですか！」

セシリアの声が図書室に響《ひび》き渡《わた》ったのだ。


何冊かの本を両手で抱きかかえるように持ち、早足で目的の場所に向かっていた。

「探すのにちょっと時間がかかっちゃった。シスラン待っているわよね」

きっと戻った途端小言を言われるんだろうと想像して苦笑いを浮かべながら、図書室に入っていった。しかしいつもは静かな部屋の中でどこからか女性の声が聞こえてくる。

「シスラン以外で誰か来ているのかな？」

そう思いつつシスランのいる奥の閲覧《えつらん》スペースに近づく。しかしだんだんと女性の声がはっきりと聞こえてくるにつれ、嫌な予感がしてきた。

（この声って……まさかマリー!?　え、またこの状況なの!?　どうしてこういつもマリーと攻略対象者が一緒にいるところにでくわすの？）

私は急いで奥に向かうとそこには、予想通りマリーがシスランの邪魔をしているのを目《ま》の当《あ》たりにしてガックリと肩を落とす。

（本当に居たよ。なんでこのタイミングなの？　確かにゲームでもシスランはよく図書室にいるから、狙《ねら》ってくるのはわかるけど……さすがに今は時期が悪すぎだよ。そもそもマリーはカイゼル狙いじゃなかったの？　それなのに他の攻略対象者も狙うなんて……私の知っている限り、逆ハーレムルートなんてなかったはずだよ。もしかしてマリー編ではあるってこと？　もし本当にそれが狙いだったとしても、応援《おうえん》していいことなんだろうか……）

どうするべきか悩《なや》んでいた私の目に、シスランの迷惑《めいわく》そうな顔が映った。その途端思わず二人の前に飛び出してしまったのだ。

「ちょっとマリーさん！　貴女何をしているんですか！」

そこが図書室だということも忘れ、大きな声をあげてしまう。そんな私を見て、マリーは嫌そうな顔をした。

「またあなたなの？　いくら悪役令嬢だからって、毎回毎回邪魔しないでよ」

「邪魔って……そもそもシスランの邪魔をしている貴女に言われたくないのですが」

「私のどこが邪魔をしているのよ！」

「今まさにしているではないですか。シスランはとても大切な試験を受けるために勉強をしているんですよ？　関わらないでください」

「試験？　そんなの私よりも大事なはずがないじゃない。それよりもなんであなたがここに現れるのよ。ここでは登場しないはずなのに！」

「……私はシスランの代わりに、王宮学術研究省の書庫から試験に必要な本を持ってきたんです。はいシスランどうぞ」

マリーの発言に呆れながらシスランに本を手渡《てわた》す。

「ああ、ありがとう」

本を受け取ったシスランが優しく微笑んできた。

「ふふよかった。ちょっと遅《おそ》くなったし、小言を言われるかもと思っていたから」

「わざわざ持ってきてもらっといて、さすがにそんなこと言うかよ」

「でもシスランのことだから」

「……俺をなんだと思っているんだ」

目を据わらせるシスランに、私はクスクスと笑った。するとシスランは逸らした顔をほんのりと赤らめる。そんな私達のやり取りを呆然と見ていたマリーは、目をつり上げて怒《いか》りをあらわにしてきた。

「なんであなたなんかに、シスランがそんな表情するのよ！　それは私の特権なんだから！」

「あ〜うるさい！」

シスランは大きな音を出しながら立ち上がり、ギロリとマリーを睨みつけた。その視線を受けマリーは体をビクッと強《こわ》ばらせる。

「こんな状態で勉強なんてできるかよ。おい、セシリア行くぞ」

私の手を摑《つか》み歩きだしたので、戸惑いながら問いかける。

「どこへ行くの？」

「俺の部屋で勉強の続きだ」

「あ、だったら私も……」

マリーは慌てて追いかけてこようとしたが、シスランが冷たく言い放つ。

「入れるわけないだろう」

「っ……」

完全拒絶《きょぜつ》のシスランにさすがのマリーも言葉を失って固まる。そんなマリーをその場に残し、私はシスランに連れられそのまま図書室から出ていったのだった。

また別の日。大勢の騎士《きし》が訓練場に集まり、一心不乱に練習用の剣《けん》で素振《すぶ》りをしていた。

その様子を正面でビクトルがじっと見つめている。

「フェイ、もっと腰に重心を置け」

「はい！」

「ランティス、脇《わき》が甘いぞ！　もっと引《ひ》き締《し》めろ」

「はい！」

ビクトルの激が訓練場に響き渡る。しかしそんなピリピリとした空気を裂《さ》くように、この場に不釣《ふつ》り合《あ》いな声が割り込んできた。

「ビクトル～」

驚いた表情でビクトルが振り返ると、そこには笑顔で手を振りながら駆け寄《よ》ってくるマリーがいた。

（ビクトルなら絶対、シスランみたいに私を無下には扱わないはずよね！）

そう信じながらマリーはビクトルに近づいていった。

「マリー嬢⁉　何故ここに？」

「それはもちろん、ビクトルに会いに来たのよ」

「はあ……」

にこにこと見上げてくるマリーに、ビクトルは戸惑いを隠せなかった。

(ビクトルは確か騎士団長として恐れられている自分に対して、臆《おく》することなく接するヒロインに惹《ひ》かれていったのよね。ふふ、そんなの簡単よ。だって全然怖くないんだもの)

余裕《よゆう》の表情で話しかけるマリーと、どう接すればいいのかわからず困っているビクトル。

そんな二人の様子を、訓練の手を止めた騎士達が困惑しながら見守っていた。

「マリー嬢せっかく来ていただいて申し訳ないのですが、私は見ての通り部下達を指導中でしてお相手をすることができません」

「べつに少しくらいいいじゃない。あ、だったら決闘《けっとう》を見せて!」

「……………は?」

「どうせ剣術《けんじゅつ》の指導をするなら、実戦形式の方がいいと思って。それに決闘の方が迫力《はくりょく》があって面白《おもしろ》そうなんだもの」

「面白そう……訓練は遊びではありません。そもそも決闘は規則で禁止されています」

呆れながらキッパリと断るが、マリーは諦《あきら》めるつもりは全くなかった。

(ビクトルルートに入っていない以上、イベントで起こるカッコいい戦闘《せんとう》シーンが見られない可能性が高いんだもの。だからこそどうしても今見たいのよ!)

マリーはゲームでヒロインを守りながら戦う、ビクトルの素晴《すば》らしいスチルを思い出していた。

「そんな固いこと言わないで見せてよ。あ、もしかして私がその姿を見て怖がると思っているの？　だったら心配しなくていいわ。絶対怖がらないと断言できるから」

「いえ、そのような心配はしていないのですが……申し訳ありません。忙しいのでお引き取り願います」

「……どうしてそんな反応になるの？　こんなにビクトルのことを怖がらないと言っているのに……」

思っていた感じと違い、マリーは視線を逸らして険しい表情を浮かべる。しかしすぐに気を取り直してビクトルを見た。

「まあいいわ。とにかく戦っている姿が見たいから、やってくれるまで帰らないわ」

「マリー嬢……」

相手は『天空の乙女《おとめ》』という特別な存在であり、今では大臣の娘《むすめ》にもなっているためビクトルは強く言えず困っていた。そんなビクトルの様子を見て、騎士達がコソコソと話しだす。

「おいどうする？」

「団長が止められないのに、俺達であの巫女《みこ》をどうにかするのは無理だぞ」

「そうだよな……」

「あ、あの方ならなんとかしてもらえるかも！」

「あの方……確かに！　それに団長もきっと喜ぶしな！」

「俺ちょっと捜してくる」

「頼むぞ」

騎士達に見送られ、一人の騎士が城に向かって駆けていったのだった。


少し気晴らしをするため、中庭に向かって廊下を歩いていた。

（最近凄く疲れているな～。まあ主にマリー関係でだけど。……本当にマリーは何がしたいんだろう。応援するつもりでいるのに、マリーの行動が問題ありすぎてできないし。それにカイゼル狙いだと思っていたけど、連日他の攻略対象者にもちょっかいかけているし……ん～やっぱり逆ハーレムが目的ってことなのかな？　でもそれはゲームの中でだからこそ成立することで、この現実世界では絶対駄目な行為《こうい》だし、まず間違いなく誰も幸せにならないよ。……もしかしたらマリーは、ここが現実世界だと思っていないのかも）

マリーの今までの言動を思い出し、難しい顔で歩みを進めていた。すると向こうの方で騎士の服を着た男性が、何かを捜してキョロキョロとしているのが見えたのだ。

（あれ？　あの人確か、ビクトルの部下だったような）

するとその騎士が私に気がつき、何故かホッとした表情を浮かべた。その瞬間、とても嫌な予感に襲《おそ》われる。

(ま、まさか……)

そんな私の気持ちなどつゆ知らず、騎士は急いで駆け寄ってきたのだ。

「セシリア様！」

「……どうかしたのですか？」

「ハァハァ、見つかってよかったです」

肩で荒《あら》い息をしながらも笑みを向けられ、さらに嫌な予感が増す。

「私を捜していたのですか？」

「はい。ただすみませんビクトル団長のことなのですが、説明しているより来ていただいた方が早いので、俺と一緒に来てもらえませんか？」

「……わかりました。一緒に行きます」

「ありがとうございます！」

そうして私は騎士に連れられ訓練場に移動し、そこで予感が確信に変わる。

(やっぱりか……)

マリーに絡《から》まれ困り果てているビクトルの姿が見え、正直泣きたくなった。

「すみませんセシリア様。他に団長を助けていただける方が思いつきませんでしたので」

「……状況は理解しました。私がなんとかしてきます」

「お願いします！」

私は小さくため息をつくと、二人に近づき声をかけた。

「ビクトル」

すると凄い勢いでビクトルが私の方を見て目を見開くと、満面の笑みになる。

「姫《ひめ》!!」

「あ～今日も訓練お疲れさまです」

「いえ、日々の鍛練《たんれん》は欠かせませんので。それにこれは姫を守ることにも繋がりますから」

「それはありがたいのですが、私よりも優先で守らなければいけない方々がいることを忘れないでくださいね」

「もちろん守るべき方々は守ります。ですが私の中で一番に守らなければいけない方は姫です。これは絶対に変わりません」

キッパリと言いきるビクトルを見て、私は苦笑いを浮かべる。

（この国を守る騎士団の団長がそんな発言していいんだろうか……）

そう思いながらも、真っ直ぐ真剣な眼差しで見てくるビクトルにもうこれ以上言えなくなってしまった。しかしふとマリーのことが気になり視線を向けると、唖然《あぜん》とした顔で立ち尽くしていた。

「マリーさん？」

「っ……ビクトルがあんな満面の笑みを見せるなんて……私知らないわ！」

「あ～確かにあの表情と態度はセシリア様にしかしないよな」

「俺達にはいつも厳しい態度でいるのに、セシリア様の姿を見つけた途端すぐに飛んでいくしな」

「まあでも剣術の鬼《おに》と呼ばれ恐れられていた時よりも親しみが持てて、団長を応援したくなるんだよな」

「そうそう」

騎士達が口々に言い出しうんうんと頷《うなず》き合う。その言葉を聞きビクトルは顔を逸らして腕組《うでぐ》みをする。しかしほんのりと耳が赤らんでいるようにも見えた。

「はあ？　何よそれ。そもそもなんであなたが姫と呼ばれているのよ！」

「何故か成り行きで呼ばれることになりまして……」

「何それ、意味がわからないんだけど」

胡乱《うろん》げな目で見られるが、私も正直意味がわからないので答えようがなかった。

「それでこの騒《さわ》ぎは一体何があったのですか？」

「あなたには関係のないことよ」

「関係ないかもしれませんが、一応お話を聞かせてもらいますね。場合によっては国王陛下とカイゼルに報告しないといけませんので」

「なんでここで国王陛下とカイゼル王子が出てくるのよ」

「ビクトルは騎士団の団長です。その彼になんらかの問題が起こっているのであれば、国のトップである国王陛下や王太子のカイゼルに報告するのは当然のことだからです」

「……」

マリーは納得《なっとく》いかない顔でムッとしている。

（ここでちゃんと自分の行動の意味を理解してくれれば、なんとかフォローしてあげるんだけど……さすがにこれ以上は無理だよ。多少荒療治《あらりょうじ》になるかもしれないけれど、その行動によって何が起こるのかはっきり言ってわかってもらわないと）

私は頬に手を添え心配そうな顔を向ける。

「もしマリーさんがその問題に関わっているようでしたら、それ相応の処罰《しょばつ》があるかもしれないのです。私はそれが心配で……」

「えっ⁉」

「あ、これはもしものお話ですよ。もちろん何もされていないのであれば、特に報告する必要もありませんので安心してください」

にっこりと笑みを向け、私の言いたいことをわかってと祈《いの》る。

「っ……わ、私ちょっとビクトルと話していただけで何もしていないわ！　もう満足したから帰る！」

マリーは必死に叫び慌てて去っていった。その後ろ姿を見送りホッと一息つくと同時に、結局今回も邪魔をする形になってしまったことに頭を悩ませる。

（どうしていつもこうなるんだろう……）

小さくため息を吐くと、ビクトルが心配そうに覗き込んできた。

「姫、大丈夫ですか？」

「え？　あ、私は大丈夫です。それよりもでしゃばるような真似《まね》をしてしまいごめんなさい」

「いえ、助かりました」

「マリーさんも今回のことで学んで、少しはおとなしくなってくれるといいのですが……」

予想外の行動を繰《く》り返すマリーなので保証はできなかった。

「きっと姫の思いは伝わりますよ。しかしある意味マリー嬢には感謝しないといけないですね」

「え？」

「姫が私のために来てくださったのですから」

とても嬉しそうに微笑まれた。そんなビクトルに私もにっこりと笑みを返しつつ、この数日に起こったマリーとの怒涛《どとう》の出来事を思い出していたのだ。

マジで疲れた……。

ラスカット村で生まれたマリーは、幼い頃《ころ》からその可憐な容姿で村の人々にとても可愛がられていた。しかしマリーの両親は、マリーとは似ても似つかないほど平凡《へいぼん》な顔立ちをしていたのだ。そのため二人はマリーのことを異質に感じ、よそよそしい態度を取るようになってしまう。だけどマリーにとって親とは愛してくれないものだと、物心つく前から何故かわかっていたためなんとも思っていなかった。

そんなある日、作物を売るため両親は山向こうの街に出かけていった。しかしその帰り道で崖崩《がけくず》れに巻き込まれそのまま亡《な》くなってしまう。幼くして天涯孤独《てんがいこどく》の身となったマリーだったが、不思議と悲しい気持ちにはならなかった。そんなマリーを見て村の人々は、悲しいのを我慢《がまん》して気丈《きじょう》に振る舞《ま》っているのだと勘違いをする。マリーは自分が他の人と何かが違うことを自覚しているが、それがどうしてなのかは全くわからなかった。

それから数年が経《た》ちマリーは、村の男性達から次々と告白される。しかしマリーはその全てを断った。何故なら自分に相応《ふさわ》しい相手は別の場所にいると、理由はわからないが確信していたからだ。

そして十七歳になった年、王都の神殿《しんでん》で『天空の乙女』を選ぶ儀式《ぎしき》がおこなわれると聞いたマリーは、間違いなく自分が選ばれると絶対の自信を持つ。しかし結果は別の人物が選ばれてしまった。そのことにマリーは酷《ひど》く落ち込み、その一年はどう過ごしたのかあまり覚えていないほどだった。

ある日家の掃除《そうじ》をしていた時、床《ゆか》に転がっていた物を踏《ふ》んで転倒《てんとう》し頭を強打して意識を失ってしまう。そして再び目を覚ましたマリーは前世の記憶《きおく》を思い出していた。さらにこが大好きだった乙女ゲームの世界で、自分がヒロインだということに気がつく。それと同時に自分が特別な存在だから、周りのモブ達と違っていて当たり前だったんだと納得したのだ。

すると見計らったかのようにマリーが『天空の乙女』に選ばれたと連絡《れんらく》が入り、期待に胸を膨らませながら城に向かったのだった。

しかし現在のマリーは……。

「も～なんなのよ！」

マリーは持っていた枕《まくら》をベッドに投げつけ、怒りをあらわにした。そして勢いよくベッドに座る。

「なんで誰もヒロインである私になびかないの？　ゲームだと会いに行くだけで皆《みんな》嬉しそうに話してくれるし、向こうからも会いに来てくれたのに！　まあ確かにゲームの時とは多少……いやだいぶ反応が遅ったけど、でも私はヒロインなのよ？　ヒロイン補正でどんな場合でも皆私を好きになってくれるはずでしょ！」

ムスッとしたまま部屋の鏡台に映る自分の姿をじっと見つめた。

「せっかく理想の自分に生まれ変わったのに……」

鏡の中の綺麗《きれい》な桜色の髪《かみ》に翡翠《ひすい》色の瞳《ひとみ》をした美少女が見つめ返してくる。しかしその姿が突然ぼさぼさに伸《の》びた黒髪《くろかみ》と目が隠れるぐらいまで伸びた前髪《まえがみ》、頬が痩《こ》けて表情の暗い女性の姿に変わった。

「っ！」

マリーは息を詰まらせ目を閉じて頭を振る。そしてゆっくりと目を開けると、そこには桜色の髪のマリーの姿が映っていてホッとした。

「大丈夫、今の私はヒロインのマリー。もうあんなみじめで根暗な私なんてどこにもいないのよ。性格だってこんなにも明るく変わることができたんだから。だからこそ皆が愛してくれるはずなのに……どうして誰も私に愛を囁《ささや》いてくれないの？」

そのまま後ろに倒《たお》れ、手を広げて天井《てんじょう》を見つめる。

「……やっぱりカイゼルルートに入ったから、他の攻略対象者は選べないようになっているのかな？　そうだとしてもセシリアへの好感度があんなに高いっておかしくない？　だってセシリアは悪役令嬢なのよ？　ゲームでは皆に嫌われて断罪されるはずなのに、ここでは好かれているって絶対変でしょう。……まあいいわ。どうせ本命のカイゼルを攻略したら、間違いなくセシリアは退場させられるんだから」

ゲームでのセシリアのラストを思い出し、勝《か》ち誇《ほこ》った笑みを浮かべながらベッドに潜《もぐ》り込むとそのまま眠《ねむ》りについたのだった。

四 聖地巡礼の旅、再び

マリーが聖地巡礼《じゅんれい》の旅に出る時がやってきた。そのパートナーとして、当然カイゼルも選ばれ一緒《いっしょ》に行くことに。

（本来この聖地巡礼の旅に悪役令嬢《れいじょう》は同行しないから、二人の邪魔《じゃま》をしないためにも城でおとなしく待っていなければ。おそらくこの旅で二人の仲も進展するだろうし……）

そう考えるだけで何故《なぜ》か胸が軋《きし》んだが、きっと気のせいだと自分に言い聞かせていた。

しかし……。

「え？　私もですか？」

「はい。セシリアも一緒に行くことになりました」

「いや、私は……」

「行くことになりました」

有無《うむ》を言わせない言葉と笑顔《えがお》に、私は仕方ないと諦《あきら》めたのだった。

今回の聖地巡礼の旅には私とカイゼル、それに護衛役のビクトル率いる騎士《きし》団だけが同行することになった。シスランは時期的に採用試験があるからということで自ら辞退し、レオン王子は前回と同じ理由で王子が二人も国を空けてはいけないから留守番。そしてアルフェルド皇子は、珍《めずら》しく遠慮《えんりょ》しておくと言って城に残ることになった。そうして皆《みんな》に見送られ、私達は聖地巡礼の旅に出たのだが……。

（……なんだこの状況《じょうきょう》は）

ガタゴトと揺《ゆ》れる馬車の中で、私は激しく戸惑《とまど》っていた。そもそもこの王室専用馬車は、普通《ふつう》の馬車より中が広く作られている。座面もクッション性が高く、長時間座っていてもお尻《しり》が痛くなりにくく疲《つか》れないように設計されていた。そんな快適空間の車内で、現在とても窮屈《きゅうくつ》な状態で座っている。

私はちらりと横を見た。そこにはカイゼルとマリーの姿が。そう、私の他に二人も同じ側に座っていたのだ。

本来であれば二人ずつ向かい合って座るのが正しい状態なのだが、今はカイゼルを挟《はさ》んで両側に私とマリーがいる。元々広い席なので三人でも確かに座れるが、ほとんど身動きが取れないほどぎゅうぎゅうになっていた。

どうしてこんなことになっているのかというと、最初にカイゼルがマリーをエスコートして先に馬車に乗せ、続いて私もカイゼルの手を借りて乗り込む。そしてマリーの向かい側に座ると、当然のようにカイゼルが私の隣《となり》に座ってきたのだ。するとそんな私達を見て、マリーが慌《あわ》てて間に割り込もうとしてきた。しかし素早《すばや》くカイゼルが私の腰《こし》に腕《うで》を回し隙《すき》間《ま》を埋《う》めてしまう。マリーはムッとしながらも、今度は私と反対側のカイゼルの隣に無理やり座ってしまった。そうして現在に至る。

（せ、せまい……）

圧迫《あっぱく》感から解放されたいという思いと、マリーの邪魔をしてはいけないという気持ちで向かいの席に移動しようとした。だけどカイゼルにがっつりと腰を掴《つか》まれているため立つことができない。そのカイゼルは私の方ばかり見てにこにこしている。そしてマリーはせまいのをいいことに、カイゼルにぴったりと密着してうっとりとしていた。

（本当になんなんだこの状況は……）

異様な空間に頭が痛くなりながら、そのまま目的地に向かったのだった。

最初の祠《ほこら》に到着《とうちゃく》した私は、丘《おか》から望む広大な海を眺《なが》める。

「一年ぶりですね」

「そうですね」

風にあおられる髪《かみ》を押さえつつ、隣に立ったカイゼルに向かって感慨深《かんがいぶか》げに話しかけた。

「うわ～綺麗な海！」

そこにマリーもやってきて感嘆《かんたん》の声をあげる。その姿を見て、私も初めてこの景色を見た時は同じように感動したなと思い出していた。するとマリーはカイゼルの袖《そで》を摑み下の方を指差す。

「カイゼル王子、あそこにいっぱい船が！」

「ああ、あそこはランディーンという港街です」

「港街？　わぁ～行ってみたい！」

「このあと寄る予定となっていますので、まず先にお祈《いの》りを済ませましょう」

「え～そんなのいいから今すぐ行きましょうよ」

カイゼルの腕を引っ張り連れていこうとする。そんなマリーに私は再び頭を痛めながら、止めようと口を開きかけた。しかしそれよりも早くカイゼルが、毅然《きぜん》とした態度でマリーを制止する。

「駄目《だめ》です。巫女《みこ》の役割を優先してください」

「でも……わかったわよ」

何を言っても無駄《むだ》だと察したマリーはムッとしながらも渋々《しぶしぶ》頷《うなず》き、ようやく私達は祠の中に入ることができた。

そこには美しい造形の女神《めがみ》像が祀《まつ》られており、ぽっかりと空いた天井《てんじょう》からスポットライトのように光が射《さ》し込んでとても神秘的な雰囲気《ふんいき》だった。

「ここは何度見ても素敵《すてき》ですね」

ほうっと感嘆のため息を漏《も》らしながら女神像を見つめる。

（前回ニーナがこの女神像の前で両膝《りょうひざ》をついて真摯《しんし》にお祈りしている姿は、絵になるほど綺麗だったな～）

その時のことを思い出し顔が緩《ゆる》みそうになった。そしてふと思う。

（そういえばマリーも性格は……まあ置いといて、容姿だけは超絶《ちょうぜつ》美少女だから間違《まちが》いなくお祈り姿は素晴《すば》らしいはず！）

私は期待を込めてマリーの方を見てそのまま固まった。何故ならマリーは女神像に向かって立ったまま合掌《がっしょう》していたからだ。

（いやいや確かにそれもお祈りと言えなくもないけど、どっちかというとお参りだから！

女神像はお墓や神社仏閣じゃないよ）

ある意味懐《なつ》かしい光景ではあるが、さすがに違うと心の中でツッコむ。

「えっとマリーさん、お祈りの仕方が違うようですが……」

「べつにやり方なんてなんでもいいじゃない。こっちの方が楽なんだもの」

「楽って……マリーさんは『大空の乙女《おとめ》』として来ているのですから、巫女としての自覚を持って正式なお祈りをしてください」

「うるさいわね、どう祈ろうが私の勝手でしょ。それに習ったお祈りの仕方って、膝《ひざ》を地面につけないといけないから服が汚《よご》れて嫌《いや》なの」

「汚れて嫌って……」

「それでしたら、こちらを敷《し》いて祈られたらどうですか？」

にっこりと笑いながらカイゼルが、いつの間に用意していたのか一枚の布を差し出してきた。マリーは驚《おどろ》いた表情でカイゼルと布を交互《こうご》に見て、渋々それを受け取る。そして地面に布を敷くとその上に膝をつけ今度こそ正式な祈りを捧《ささ》げた。ただひと悶着《もんちゃく》あった後なので、その姿を見ても全く感動できなかった。

「カイゼル、よく用意していましたね」

「事前に神殿《しんでん》の方からマリー嬢《じょう》のお祈り時の態度を聞いていましたので。おそらくこうなるだろうと予想していましたから、従者に布を持参させていました」

「そうなのですね」

私達の後ろに控《ひか》えている従者をちらりと見ると、素材の違う布を数枚持って待機していた。多分マリーが布に難癖《なんくせ》をつけた場合も考えて、替《か》えを用意していたようだ。その用意周到《しゅうとう》さに感心する。

「さあお祈りも済んだことだし、カイゼル王子もう行きましょう！」

すくっと立ち上がったマリーは、カイゼルの腕を掴み引っ張っていく。私はそれを見ながら小さくため息をつくと、女神像に向かってぼそりと呟《つぶや》いた。

「女神様、本当にあの子がヒロインなんですか？」

当然それに対しての答えは返ってくることはなく、自嘲《じちょう》気味に笑いながらその場を後にしたのだった。


ランディーンの港街に到着した私達は、必要最低限の護衛と共に街中を歩いていた。しかし事前に連絡《れんらく》が行っていたからか、沿道には多くの人々が集まり興味津々《きょうみしんしん》でこちらを見てくる。

（もう少し地味な格好でくれば……いや、この顔面偏差値《へんさち》がずば抜《ぬ》けて高い人達がいる限り無理か）

私の横を歩くカイゼルやその隣のマリー、それに先頭で周りを警戒《けいかい》しているビクトルの顔を見て苦笑いを浮《う》かべた。

「セシリア、どうかしたのですか？」

「ちょっと目立ってしまっているのが気になっていまして」

「パレードではないので集まらないよう伝えてあったのですが……」

「まあ滅多《めった》にお目にかかれない方々ですから、ひと目見たい気持ちはわかります。ただ人が大勢集まりだしていますし、迷惑《めいわく》がかからないかと心配です」

「セシリアは優《やさ》しいですね」

「そ、そんなことはありませんよ」

柔らかく微笑《ほほえ》まれ、なんだか嬉《うれ》しくもあり恥《は》ずかしくもなる。そんな私達が気に入らないのか、マリーがカイゼルの手を取って足を速めた。

「カイゼル王子、馬車の中で聞いた地中海料理のお店に早く行きましょうよ！」

「マリー嬢、慌てなくてもお店はなくなりませんよ」

「だってお腹《なか》がペコペコなんだもの」

にっこりと笑ってカイゼルをグイグイと引っ張って行ってしまった。完全にデート気分のマリーを見て、なんだかもやもやした気持ちになる。

(なんだろうこの感情……二人が仲良くなるのは死亡エンドを回避《かいひ》するためにもいいことなのに、どうしても素直《すなお》に喜べない。むしろ邪魔したくなる。いやいやそんなの駄目だ！それじゃあゲームのセシリアと同じになってしまう。私は絶対悪役令嬢にはならないって決めているんだから！)

私は首を振《ふ》って平常心を保つことにした。そうして人々の注目を集めながらしばらく歩いていた私の耳に、かすかに小さな子どもの泣き声が聞こえてきた。慌てて民衆の方に顔を向け視線を動かすと、わずかに開いた人と人との間に女の子が泣いているのが見える。

ただ周りが騒《さわ》がしいせいか、誰《だれ》もその女の子に気がついていないようだ。

「ちょっとごめんなさい」

　私は考えるよりも先に体が動き、驚く人々をかき分けて女の子のもとにたどり着く。そしてしゃがんで女の子の顔を覗《のぞ》き込んだ。

「大丈夫《だいじょうぶ》？」

「ひっく……」

　突然《とつぜん》声をかけたことで驚いたらしく、目を大きく見開いて私を見てきた。私は安心させるようににっこりと微笑み、優しい声を意識して話しかける。

「どうしたの？　お父さんとお母さんは一緒じゃないの？」

「……おとうさん、おかあさん……どこ？　う、うぇぇぇん」

　どうやら迷子だったらしく、さらに大泣きされてしまった。

「大丈夫、大丈夫だからね。私が一緒に捜《さが》してあげるから」

　頭を撫《な》でて落ち着かせようとしたが、それでも泣《な》き止《や》んでくれない。私は立ち上がり、

「カイゼル、すみません。私ちょっとこの子の両親を捜してから向かいますので、先に行っていてください」

　私達を遠巻きに見ていた民衆の向こうにいるであろうカイゼルにそう告げてから、もう一度女の子の方を向く。するとその時、私の横からスッと手が伸《の》び女の子の体が持ち上げられる。

驚いて振り返ると、カイゼルが片手で女の子を抱《だ》いていた。

「え？」

「カイゼル⁉」

「セシリア、手伝いますよ。一人で捜すよりもその方が効率いいですから」

「いいのですか？」

「もちろんです。さて小さなお姫様《ひめ》、貴女《あなた》のお名前を教えていただいてもいいですか？」

突然のことに目をぱちくりしていた女の子が、間近でカイゼルの微笑みを見て顔を赤らめる。

「……ミア」

「ミア姫か、ふふ可愛《かわい》いお名前ですね。教えてくださってありがとうございます。ミア姫、貴女のご両親は必ず見つけますので安心してください」

「ほんとう？」

「ええ、本当です。ビクトル、すぐに周辺を捜索《そうさく》してこの子の両親を見つけてきてください」

「はっ」

カイゼルの指示を受け、ビクトルが素早く部下を走らせた。

「さて、私達も少しこの辺りを捜しましょうか」

「はい」

私は頷きカイゼルと共に歩きだそうとした。しかしそんな私達を呼び止める声が――。

「ちょっと待ってよ！」

その声に振り向くと、マリーが目をつり上げて不機嫌《ふきげん》そうに立っていた。

「レストランはどうするの？」

「マリー嬢、すみませんが先に行ってもらえませんか？」

カイゼルがそう答えると、ますますマリーが憤慨《ふんがい》する。

「べつにカイゼル王子も捜さなくていいじゃない！　今ビクトルに頼《たの》んで人手も足りているだろうし、後は言い出しっぺのその人に任せて私達は先に行きましょうよ」

私を指差してくるマリーにカイゼルの表情がピシッと固まり、ビクトルも怖《こわ》い顔をして鋭《するど》い視線を向けていた。さらに近くにいた街の人々も、顔を曇《くも》らせマリーを見ながらコソコソと話しだす。しかし相変わらず当の本人は周りの状況を見ようとせず、いやむしろどう見られようが気にしていないようだった。

そんなマリーに頭を痛めながらひとこと言おうと口を開きかけたその時、重苦しい雰囲気に怯《おび》えたミアが大きな声で泣きだしてしまった。

「ああ、ミア姫怖がらせてしまってすみません。……ビクトル、マリー嬢に護衛を付けて先に向かわせてください」

「承知いたしました」

ビクトルは頷くと、温和な顔立ちをしている一人の部下に指示を出す。その部下はにこにこと笑みを浮かべたまま、マリーに近づくとその腕を取った。

「マリー様、皆様《みなさま》の邪魔にならないよう先に行きましょうね」

「ちょっ、離《はな》してよ！　私はカイゼル王子と行くの！」

「さあさあこれから向かうお店は、どれも絶品の海鮮《かいせん》料理を出してくれるのですよ。きっとマリー様も気に入ると思います」

「私の話を！」

叫《さけ》ぶマリーを無視して、グイグイと引きずって連れていってしまった。私はそれを唖然《あぜん》と見ていると、ビクトルが私のそばにやってきてこそっと耳打ちする。

「以前カイゼル王子に押しつけ……いや代わりにお相手をすることになった時にあの者、ユリウスという名なのですが、上手《うま》くマリー嬢の対処をしてくれたのです。ただあの訓練場での際は、街の方に行っていまして……今回は警備のメンバーに入れておいたことが功を奏しました」

「そうなのですね」

どんどん遠ざかっていくマリーの叫び声を聞きながら、苦笑いをしミアに顔を向ける。

「ミアお待たせしてごめんね。すぐにお父さんとお母さんを見つけてあげるから」

「うん……」

カイゼルになだめられたおかげで落ち着いたらしく、鼻をすすって頷いてくれた。そしてしっかりとカイゼルの服を握《にぎ》りしめている姿を見て可愛いなと心の中で思う。

そうしてしばらくカイゼルと共に辺りを歩いていると、騎士の後ろを必死の形相でこちらに駆《か》けてくる二人の男女が見えた。

「あれはもしかして……」

私の問いかけにカイゼルが頷き、別の方を見ていたミアをそちらに向かせる。

「あ、おとうさん！　おかあさん！」

再び涙目《なみだめ》になり両手を必死に前へ伸ばす。カイゼルは落ちないように支えながらおろしてあげた。それと同時にミアの両親も到着する。

「ミア無事でよかった！　人混みにのまれて手を離してしまってごめんね」

「おかあさ～ん」

しゃがみ込んだ母親がぎゅっと抱きしめると、ボロボロとミアが泣きだし顔を埋める。その背中を母親が優しく撫でていた。その様子を見てホッと胸を撫で下ろす。すると父親が青い顔で私達に頭を下げてきた。

「娘《むすめ》が大変ご迷惑をおかけして申し訳ございません！」

父親の言葉を聞いて慌てて母親も、ミアを抱きしめたまま立ち上がり同じように頭を下げてくる。ミアはそんな二人を目に涙《なみだ》をためながらぽかんとした顔で見ていた。

「迷惑など受けていないですよ。むしろ我々が来たことが原因で、娘さんが迷子になってしまったようですし、こちらこそ謝らなくていけませんね。すみません」

「王太子様に謝っていただくなんて、とんでもございません！」

「ではお互《たが》いこれ以上の謝罪はなしでいいですね」

にっこりと微笑むカイゼルを見て、父親がペコリと頭を下げた。

「本当に娘を保護していただきありがとうございました」

「いえそもそも最初に気がついたのは私ではなく、私の婚約者《こんやくしゃ》であるセシリアです。お礼でしたらセシリアにお願いします」

よかったと黙《だま》ってことの成り行きを見守っていたら、急に話を振られ驚く。

「セシリア様ありがとうございます！」

「たまたま気がついただけですので、そんなにお気になさらないでください。それよりも、もう迷子にならないようしっかりと手を握ってあげてくださいね」

「はい！　もう二度とこのようなことが起こらないよう気をつけます」

そうしてミアの両親は、何度もこちらに頭を下げミアは笑顔で手を振って去っていった。

「無事に見つかってよかったですね。カイゼル、手伝っていただきありがとうございます」

「いえ、私もいい予行練習ができたのでよかったです」

「予行練習？」

意味がわからず小首を傾《かし》げると、カイゼルは意味深な笑《え》みを浮かべた。

「ええ、将来私達の間に子どもができた時のためにですよ」

「なっ⁉」

カイゼルの言葉に顔が熱くなるのを感じた。私の脳裏《のうり》にはカイゼルによく似た可愛らしい子どもが、カイゼルに抱かれて嬉しそうに笑っている姿がよぎる。その隣には優しく微笑んでいる私の姿が……。

（いやいや、それは絶対ないから！　だってそのうち婚約破棄《はき》する予定だし……マリーもいるし……）

私からマリーが寄《よ》り添《そ》っている姿に変わり一気に気分が沈《しず》む。

「セシリア？」

様子のおかしい私を心配してか、カイゼルが声をかけてきた。

「えっと……あ、マリーが待ちくたびれているかもしれませんので、そろそろ行きましょう」

私は無理やり笑顔を作り話を逸《そ》らす。カイゼルは訝《いぶか》しがるが、私が何も言わないのでそのまま聞かないでいてくれた。

そうして私達は目的の店に移動すると、店内の席でブスッと不機嫌そうにマリーが座っているのが見えた。近くにはユリウスがにこにこと笑みを浮かべて立っている。だけど先に食べないでじっと私達を待っていたマリーを見て、ちょっと可愛いと思ってしまった。

その後マリーの機嫌《きげん》は美味《おい》しい地中海料理を食べたことで、すっかりよくなったのだ。


数日かけていくつかの祠を回り、次の祠に向かう途中《とちゅう》で休憩《きゅうけい》を取ることに。そこは大きな湖の畔《ほとり》で見晴らしもよく、鳥のさえずりも聞こえる自然豊かな気持ちのいい場所だった。

「素敵な場所ですね」

湖の近くで着々と休憩の準備がされていく中、私は感嘆のため息を漏らす。

「気に入ってもらえてよかったです。ここは景観が素晴らしいことで有名な場所でしたので、休憩地点にと指定していました」

「そうなのですね。ここでなら旅の疲れが癒《いや》されそうです」

いくら疲れにくい仕様とはいえ、さすがに馬車での長距離《ちょうきょり》移動により疲労《ひろう》が蓄積《ちくせき》されていたからだ。

「ここでは少し長めの休憩を取りますので、ゆっくり寛《くつろ》いでください」

「ありがとうございます」

カイゼルにお礼を言いもう一度景色に目をやると何か既視感《きしかん》を覚える。

（あれ？　なんだかこの場所どこかで見たことがあるような……前回はここに立ち寄っていないから、初めてのはずなのになんでだろう？）

そんな疑問を浮かべていると、視界の端《はし》にマリーが映った。どうも落ち着かない様子で、キョロキョロと辺りを見回している。

（どうしたんだろう？）

不思議に思い声をかけようと一歩足を踏《ふ》み出《だ》したその時、マリーが一瞬《いっしゅん》ニヤリと笑うとそれは突然起こった。鳥達が一斉《いっせい》に木々から飛び立つと同時に、大勢の男達の雄叫《おたけ》びが聞こえてきたのだ。

「え？　一体何が⁉」

驚いて周りを見回すと、盗賊《とうぞく》の格好をした男達がこちらに向かって押し寄せてくる。

（ええ⁉　まさか今回も盗賊イベントありなの⁉　……ああ！　確かにここ、カイゼルルートでの盗賊イベントに出てくる背景そっくりだ！　マジか……）

悪役令嬢である私が手配しなくても、強制的に盗賊イベントが起こってしまうことに愕《がく》然《ぜん》とする。そして同時に死亡エンドの可能性も十分あり得ると実感させられたのだ。

「セシリア！　私の後ろに！」

呆然《ぼうぜん》と立《た》ち尽《つ》くしていた私の腕をカイゼルが摑み、背後に庇《かば》われる。そしてカイゼルは険しい表情で剣《けん》を抜き構えた。するとマリーがカイゼルに抱きつき騒ぎだす。

「きゃぁぁカイゼル王子！　怖いわ！」

「マリー嬢離してください！　危ないです」

「カイゼル王子、この女が私を襲《おそ》うように盗賊を雇《やと》ったのよ。お願い私を守って！」

マリーは私を指差しながら必死にしがみつく。

「いや、私そんなこと……」

「馬鹿なことを言わないでください。セシリアはそのようなこと絶対しません！」

「本当のことなのよ！　カイゼル王子が知らないだけで、この女は邪魔な私をここで排除《はいじょ》するつもりなの。そんな女なのよ！」

マリーの抱きつく力が強いのか、なかなか腕を振りほどけずカイゼルは眉間《みけん》に皺《しわ》を寄せながら焦《あせ》っていた。

（確かにゲームではそうだったけど、私本当に雇ってなんていないから）

心の中で訴《うった》えつつ今はそんな押し問答《もんどう》をしている暇《ひま》はないと考え、助けを呼ぼうとビクトルの方を見る。しかし前線で大勢の盗賊に囲まれ、こちらにこられる状態じゃなかった。

さらに他の騎士達も同じように数に圧《お》され苦戦している。まるでこちらの護衛の数と力量を事前に把握《はあく》していたかのような相手の人数に、私はハッとマリーに視線を向けた。

（まさかマリーが？　……いやさすがにマリーでも、これだけ大規模の盗賊は雇えないでしょう。それにさっきの発言からするに、おそらくマリーは本当にこの事態を私が裏で手を回したんだと思っていそう。違うけど）

するとと盗賊の何人かがこちらに向かってくるのが見えた。カイゼルは抱きつかれたままマリーを庇うように体を捻《ひね》り、剣を構え直す。それを見て私がここにいては、カイゼルの足手まといになると思った。

（私が知っているイベントの通りなら、カイゼルがマリーを守って二人とも無事なはず。それにこれは重要な恋愛《れんあい》イベントでもあるし……状況的にもここではイレギュラーである私が、そばにいない方が絶対二人は安全なはず！）

私は頷くとカイゼルに向かって声をかける。

「カイゼル、私のことは気にせずマリーさんを守ってください」

「セシリア何を⁉」

「私は安全な場所に避難《ひなん》しますので！」

そう叫ぶととりあえず盗賊がいない方に向かって走りだす。しかしそんな私の行く手を阻《はば》むように、木の陰《かげ》から一人の男が飛び出してきた。男は他の盗賊達とは体格も纏《まと》っている雰囲気も違い、おそらくリーダーだと直感的に察する。その男は鋭い眼光で私を見て、スッと剣先《けんさき》を向けてきた。

「っ！」

「俺はこの盗賊団の首領ガロンだ。その髪と目の色、お前がセシリア・デ・ハインツだな」

「え？　どうして私のことを……」

「お前に恨《うら》みはないが、追加報酬《ほうしゅう》が出るんでな。ここで死んでもらう」

「なっ！」

ガロンと名乗った男は剣を振り上げ、私めがけて振り下ろしてきた。私は咄嗟《とっさ》に目を閉じ腕を顔の前でクロスして庇う行動を取った。

「ぐっ！」

すぐに痛みがくると思っていたが、何故か男の呻《うめ》き声が聞こえゆっくりと目を開ける。

すると目の前にカイゼルが剣を構えて立っていたのだ。その姿を見て心臓が大きく跳《は》ねた。

カイゼルの前ではガロンが、腕を押さえ苦悶《くもん》の表情を浮かべている。足元には先程《さきほど》まで
ガロンが握っていた剣が転がっていた。

「おとなしく投降してもらいましょうか」

「くっ、誰がそんなことするかよ！」

ガロンは叫ぶと同時に、手についた自分の血をカイゼルの顔に向かって飛ばす。カイゼ

ルが腕で顔を庇うと、その隙《すき》をついてガロンは一目散に逃《に》げてしまった。

「っ、待ちなさい！」

しかし予想以上に足の速かったガロンに、森の中へ逃げ込まれ見失ってしまった。

「逃げ足の速い人ですね。ビクトル、すぐに追手を手配してください」

「はっ、必ず捕《つか》まえてみせます」

振り返るとすでに多くの盗賊達が捕縛《ほばく》され、さらに別動隊にガロン捕獲《ほかく》の指示を出しているビクトルがいた。

（いつも思うけど、あの圧倒的《あっとうてき》な数の差を巻き返すビクトルって本当に凄《すご》い）

感心していると、突如《とつじょ》後ろからカイゼルに抱きしめられた。

「カイゼル⁉」

「……今度は間に合ってよかったです」

悲痛な声に以前アンジェリカ姫を助けて、カイゼルの目の前で刺《さ》されたことを思い出す。

「カイゼル……助けてくださりありがとうございます」

私はそっとカイゼルの手に自分の手を添えた。その手が少し震《ふる》えていることに気がつき、胸が締《し》めつけられる。

（心配かけてごめんね。でも助けてくれて凄く嬉し……あれ？　そういえばカイゼルがここにいるってことは、マリーはどうしたんだろう？）

視線を動かしマリーの姿を探す。するとマリーはユリウスに体を支えられながら、青ざめた顔でこちらを見ていた。

「マリーさんはどうしたのでしょう？」

私の疑問にカイゼルが体を離して横に立った。

「ああセシリアが襲われたのを見て、あのように青くなって立ち尽くしてしまったのです。ちょうどその時あのユリウスが来ましたので、そのままマリー嬢を任せてきました」

「そうなのですか……」

カイゼルの話を聞きながらマリーをじっと見つめた。

（いつものマリーだったら、カイゼルが自分より私を守ったことを凄く怒《おこ》ってくるはずなのに……。きっと私の命がここで狙《ねら》われるなんて想定外だったのね。本来ならカイゼルルートを攻略《こうりゃく》して、最後に私が処刑《しょけい》される流れだろうし。でもあのマリーの様子……なんだか私が死ぬことを望んでいないように見える。ん〜マリーの考えがよくわからない。だけど少なくともあのガロンは私を殺すことが追加報酬って言っていたし、裏で誰かが今回の襲撃《しゅうげき》を計画していたのは間違いなさそう）

マリーを見ながら考え事をしていると私の視線に気がついたのか、顔が青から少し赤に染まりツンと顔を逸らしてスタスタと馬車の方に行ってしまった。そんなマリーの様子にふふっと笑いが込み上げてくる。

「セシリア？」

「マリーさん、可愛らしい方ですね」

クスクスと笑う私をカイゼルが不思議そうに見ていたのだ。

その後どこを捜してもガロンは見つからず、さらに捕《と》らえた部下達も誰に雇われたのかはガロンしか知らないと口を揃《そろ》えて言われてしまいお手上げ状態に陥《おちい》る。結局これ以上の聖地巡礼は危険だと判断され、残りの日程を繰《く》り上げて王都に戻《もど》ったのだった。

五　悪役令嬢と新ヒロイン

「すっかり『天空の使徒』も板につきましたね」

「そんなことありません。まだまだ至らない点が多く、周りの方々に助けられてばかりです」

神殿《しんでん》内にあるニーナの部屋でお茶を飲みながら、久しぶりに二人の時間を楽しんでいた。

「そういえば気になっていたのですが、ニーナちょっと痩《や》せましたか？　なんだか疲《つか》れているようにも見えますし……やっぱりお役目が大変なんですね」

「いえお役目自体はやりがいもあり苦ではないのですが……」

ニーナはそこで言葉を止め、小さくため息をつく。

「実はマリーのことで色々ありまして……」

「ああ……」

それだけ聞きニーナの苦労を察した。

「ニーナ、私で手伝えることがありましたら言ってくださいね」

「ありがとうございます。ですが『天空の乙女《おとめ》』の先輩《せんぱい》としてなんとか頑張《がんば》ってみます」

「わかりました。でも無理だけはしないでくださいね」

「はい」

いつもの明るい笑顔《えがお》で返事をしてくれた。その時、扉《とびら》がノックされそこから女性の神官が入ってくる。

「ニーナ様、そろそろお時間です」

「もうそんな時間ですか。セシリア様、すみませんが次の予定がありまして」

「私のことは気にしなくていいですよ。また時間ができたらお茶でもしましょうね」

「是非《ぜひ》とも！」

そうして私はニーナの部屋から退出し、城に戻《もど》るため廊下《ろうか》を歩いていた。すると廊下の先で、マリーと神官が揉《も》めているのが見えた。

（また何をやらかしているのやら）

呆《あき》れながらも耳をすませると、その内容が聞こえてくる。

「マリー様、お願いです！」

「絶対嫌《いや》よ！　なんでイベントにもない、それも好感度上げに全く関係ないことを私がしなくちゃいけないの！」

「何をおっしゃっているのか意味はわかりませんが、ニーナ様が……」

「私はニーナじゃないわ！　それよりもこれからカイゼル王子に会いに行くんだから邪魔《じゃま》しないで！」

「あ、マリー様！」

神官の制止を無視して去ってしまった。後に残された神官は、肩《かた》をガックリと落としているのが私から見てもわかる。私はその神官に近づき声をかけることにした。

「ちょっといいですか？」

「っ……ああ、セシリア様ですか」

「何かあったのですか？」

「いえ、あの……」

言いづらそうに言葉を詰《つ》まらせた。

「どうも困っているようですし、私でよければお聞きしますよ」

「……実はマリー様に、養護施設への慰問《いもん》をお願いしていたのです」

「養護施設へ？」

「はい。元々はニーナ様が始められたことで、数カ月に一度養護施設へ慰問をすることになっているのです。今まではニーナ様が直接行かれていたのですが、今は『天空の使徒』になられたことでお忙《いそが》しくなり、行けなくなってしまわれました。ですから今回は『天空の乙女』であるマリー様に行っていただきたいとお願いしていたのですが……」

「断られてしまったのですね」

「……はい。子ども達は今回の訪問も楽しみにしていたのですが……仕方ありません。行けないと連絡《れんらく》を入れてきます」

明らかに落ち込んでいる雰囲気《ふんいき》のまま神官が立ち去ろうとした。私はそれを見て思わず呼び止める。

「待ってください」

「まだ何か？」

「その養護施設の慰問というのは、マリーさんでなくてはいけないのですか？」

「いえそういうわけではありませんが、我々よりも普段《ふだん》お会いすることができない特別な方の方が子ども達も喜びますので」

「それでしたら、私ならどうでしょう？」

「え？」

「私は一応王太子の婚約者《こんやくしゃ》ですし、普通《ふつう》の貴族令嬢《れいじょう》よりは特別な存在だと思うのですが」

「確かにそうですが……いいのですか？」

「ええ、私は構いませんよ」

にっこりと微笑《ほほえ》んで頷《うなず》く。

「ありがとうございます！　子ども達もガッカリしないで済みます！」

「まあ私が行って喜ばれるかどうかは保証できませんが」

「大丈夫《だいじょうぶ》です。きっと喜ばれますよ！」

そうして神官から養護施設の資料を受け取ると、準備をするため自室に戻ることに。しかしその道中で廊下の窓から外をボーッと眺《なが》めているシスランと出会った。

「シスラン？」

なんだかいつもと様子が違《ちが》うシスランを訝《いぶか》しがりながら声をかける。

「っ……セシリアか」

私の顔を見たシスランが、何故《なぜ》か辛《つら》い顔で視線を逸《そ》らしてしまう。

「どうかしたの？」

「いや、どうもしない」

そう言って立ち去ろうとするので、私は慌《あわ》ててシスランの腕《うで》を掴《つか》み引き留めた。

「どうもしないならなんでそんな辛そうなの？　何かあったのなら私に言ってよ」

「本当になんでもない！」

珍《めずら》しく声を荒《あら》らげて私の手を振《ふ》りほどく。するとその時、場違《ばちが》いなほど明るく声をかけてくる人物がいた。

「おやおや、そこに居るのはシスランではないですか」

声が聞こえた方を見ると、たれ目が特徴《とくちょう》的な小太りの若い男性がこちらに向かって歩いてきていた。

「……マクス」

渋《しぶ》い顔で男性を見ながらシスランが呟《つぶや》いた。

「え？　マクスってまさか……」

「ロンウェル伯《はく》の息子《むすこ》だ」

シスランに言われてもう一度マクスを見ると、確かにたれ目が父親のロンウェル伯爵《はくしゃく》とよく似ていた。さらに人を見下しているような態度はまさに親子だと納得《なっとく》する。

マクスは私達の前までくると、わざとらしく私を見て驚《おどろ》いた。

「おおセシリア様までご一緒《いっしょ》でしたか。ご挨拶《あいさつ》が遅《おく》れてしまいすみません。私はロンウェル伯爵の嫡男《ちゃくなん》でマクス・ロンウェルと申します。以後お見知りおきください」

「セシリア・デ・ハインツです」

胸に手を当て腰《こし》を折ってきたので、私も淑女《しゅくじょ》の礼を取って挨拶を返す。次にマクスはシスランに視線を向け、横柄《おうへい》な態度を示してきた。

「シスラン、もう結果は聞いたか？」

「……」

「ふふん、その様子だと聞いたようだな。王宮学術研究省の採用試験にお前が落ちて、俺が受かったことを」

「え？」

私が驚いてシスランを見ると、無表情でぎゅっと手を握《にぎ》りしめていた。

「シスラン……」

「くく残念だったな。まあ元々俺の方がお前より優秀《ゆうしゅう》だったたってことだよ。どれだけ子どもの頃《ころ》に神童と呼ばれてちやほやされていたとしても、大人になってもそれが続かなければ意味がないよな」

ニヤニヤしながらシスランを嘲笑《あざわら》う。そんなマクスの態度にだんだんと怒《いか》りが湧《わ》いてきた。

（シスランは凄《すご》く頑張って勉強して試験に挑《いど》んだのに、馬鹿にするなんて酷《ひど》すぎる！）

私はひとこと言わないと気が済まなくなり一歩前に出ようとした。そんな私をシスランが手で制す。

「お前は何も言うな」

「でもシスラン！」

「マクスは俺を煽《あお》って怒《おこ》らせたいだけだ。相手にするだけ時間の無駄《むだ》だ」

「ふん、せいぜい強がっているがいいさ。さて俺は諸々《もろもろ》の手続きがあるからな、これで失礼する。ではな」

そう言って手を振り行ってしまった。

「シスラン……」

「あの親子はどうしてこう、お前に知られたくないことばかり話すんだろうな」

大きくため息をつくと、眼鏡を押し上げて自嘲《じちょう》気味に笑う。シスランがどれだけ王宮学術研究省に入りたかったのか知っている身としては、励《はげ》ましも慰《なぐさ》めも言葉にすることができなかった。

「よしシスラン、私と一緒に養護施設へ行こう！」

「……は？　どうしてこの流れでそんな話になる」

「ちょうど訳あってこれから養護施設へ行くことになっていたから、私の手伝いをお願いしたいの。駄目《だめ》かな？」

祈《いの》るように手を握りシスランに懇願《こんがん》する。そんな私を見て再びシスランはため息をつくと、苦笑いを浮《う》かべながら頷いてくれた。

「わかったよ。他ならぬお前の頼《たの》みだからな。一緒に行ってやる」

「ありがとう！」

そうしてシスランを連れて養護施設へ向かうことになったのだった。

郊外《こうがい》にある誰《だれ》も住まなくなった貴族の屋敷《やしき》を養護施設にしたので、立派な建物と大きな庭がある。私達は馬車から降り屋敷の玄関《げんかん》に向かうと、そこで院長らしき年配の女性と十数人の子ども達が出迎《でむか》えてくれた。

「セシリア様、シスラン様ようこそいらっしゃいました。私はこの養護施設を任されているマーサと申します。どうぞよろしくお願いいたします」

「マーサさんこちらこそよろしくお願いいたしますね。ただ急遽訪問者《きゅうきょ》が一人増えてしまってごめんなさい」

「いえいえ構いませんよ。その分子ども達が喜びますので。さあ皆《みんな》、お二人に見惚《みと》れるのはわかりますがちゃんとご挨拶しましょう」

キラキラした目で私達を見ていた子ども達は、マーサさんの声で我に返る。

「セシリア様、シスラン様、今日は私達のために来てくださり、ありがとうございます」

おそらく私達がくる前にたくさん練習してくれたのだろう。ピッタリと揃《そろ》った挨拶に、自然と頬《ほお》が緩《ゆる》む。

(ふふ、可愛《かわい》い！)

ちらりとシスランを見ると、どう反応すればいいのか戸惑《とまど》っていた。元々あまりこういう場に慣れていないので仕方ない。

「シスラン、私はマーサさんと少し話をしてくるから子ども達の相手はお願いね」

「は？　俺だけで⁉」

「皆、このお兄さんが遊んでくれるって。だから遠慮《えんりょ》しなくていいからね」

子ども達に向かってにっこりと微笑むと、大喜びでシスランに向かって駆《か》け出《だ》していく。

「なっ⁉　ちょっと待て！　俺はこういうのは！」

「ふふシスラン頑張ってね。ではマーサさん行きましょうか」

「あ、はい」

もみくちゃにされるシスランを残し、マーサさんと共に屋敷の中に入っていった。

「各子ども部屋はきちんと整理されていて、掃除《そうじ》も行き届いているようでいいですね。それに至るところに、住みやすいよう自分達で工夫《くふう》がされているのも素晴《すば》らしいです」

屋敷内を見回った後、応接室でマーサさんと話をすることに。

「ありがとうございます。実はニーナ様がこちらに訪問してくださるようになる前は、あまりいい状態ではありませんでした」

一度言葉を切り、頬に手を添《そ》えて苦笑いを浮かべ話を続けた。

「お恥《は》ずかしながら当時の私は子ども達の世話をするだけで精一杯《せいいっぱい》で、屋敷の中まで気にかける余裕《よゆう》がなかったのです。ですがニーナ様がここの現状を見てすぐに神殿に掛《か》け合《あ》ってくださり、屋敷の修復をしていただけたのです。さらにニーナ様は子ども達に掃除や洗《せん》濯《たく》の仕方などを教え、私の負担を減らしてくださりました。本当に感謝しかございません」

「そうだったのですね」

マーサさんの話を聞き、私の知らないところでもニーナは凄くいい子だと感心する。

（ニーナ、マジで天使だわ〜）

子ども達に囲まれて楽しそうに笑うニーナの姿が容易に想像できた。

「子ども達もニーナ様に凄く懐《なつ》いていまして、しばらくくることができなくなったと伝えた時は皆落ち込んでしまいました。ですが新しい巫女《みこ》様が代わりに来てくださると知り、期待に胸を膨《ふく》らませていたのですが……」

「ごめんなさいね。『天空の乙女』であるマリーが体調を崩《くず》してしまいまして」

「それは仕方ないことですのでお気にならさないでください！　王太子様のご婚約者様が来てくださると聞いて、子ども達は大喜びでしたから」

「それを聞いて安心しました」

にっこりと微笑んでみせる。

（さすがにマリーが行きたくないと断ったからなんて言えないからね。体調を崩したことにしておいてよかった。もし本当のことを聞いたら、もっと落ち込ませていたかもしれない。それにしてもニーナの素晴らしさを聞けば聞くほど、マリーの問題行動が目につくちゃうな……。これじゃあ応援《おうえん》したくても難しいよ）

どうしたものかと頭を悩《なや》ませる。

ふと窓の外を見てみると、木の幹に座っているシスランを囲うように子ども達が集まっていた。

（何をしているんだろう？）

気になったのでマーサさんに断りを入れ外に出た。そしてシスランのもとにそっと近づくと中を覗《のぞ》き込む。そこではシスランがペンと紙を持って何かを書いていた。

「シスラン、何をしているの？」

「……戻ってきたか。聞けばこいつら、まだ字を書くことができないらしい。年長になれば、一応簡易の学校に通えるようになるらしいが……そこでも必要最低限しか教えられないんだと。だからちょっとだけだが字を教えていた」

「そうなんだ」

「おい、これで全員の名前か？」

シスランが書き上げた一枚の紙を近くの男の子に渡《わた》し周りを見る。するとぬいぐるみを持った小さな女の子が、おずおずと手をあげる。

「あたち……」

「名前は？」

「マロ」

「マロか、だったらこう書く」

持っていた紙にサラサラと女の子の名前を書いてそれを手渡《てわた》す。女の子はそれを受け取ると、キラキラした目で紙に書かれた自分の名前を見つめた。他の子も一様に同じような表情だった。

「ふふ、皆よかったわね」

「セシリアも来たことだしもういいだろう？」

シスランがそう言って立ち上がると、皆一斉《いっせい》にお礼を言い出した。

「ありがとうございます！」

「初めて自分の名前を文字で見られて嬉《うれ》しかったです」

「あたち、あたち……ありがとう」

「あ～わかった、わかったから」

真《ま》っ直《す》ぐな子ども達の眼差《まなざ》しに、シスランは戸惑いの表情で私の方を見て助けを求めてきた。そんなシスランの様子がおかしくて思わず笑ってしまう。

「……セシリア」

笑う私を見てシスランは目を据《す》わらせ低い声を出してきた。

「ふふ、ごめんね。でもいつものシスランからは想像できない反応だったから。さて皆、お勉強の時間は終わったようだし、今度は私と遊びましょうか」

遊びという言葉に、やはり子どもだからか反応がとてもよかった。

「何をして遊ぶの？」

「ん～じゃあ鬼《おに》ごっこにしよう。私が鬼をするから皆逃《に》げてね。ただし捕《つか》まったらその人も、鬼になるからそういうつもりでよろしく。さあ行くわよ！」

私の声を合図に、皆楽しそうに逃げていく。シスランはそんな皆を見送って再び座ろうとした。しかし私はにっこりと笑ったままシスランに近づき、その肩に手を置く。

「はい、捕まえた」

「……は？　俺も参加させられているのか？」

「当たり前でしょ？　誰も休んでいいだなんて言っていないから」

「マジか……」

「さあさあ、子どもは意外と足が速くて捕まえるのが大変だから頑張ろうね！」

シスランの背中を叩《たた》き走りだした。

「あ～もうわかったよ！」

後ろではシスランの叫《さけ》ぶ声と共に走ってくる音が聞こえ、私は笑《え》みを浮かべながら子ども達を追いかけたのだった。

養護施設の皆に見送られ城に戻ると、シスランが部屋まで送ってくれることになった。

「……セシリア、ありがとうな」

「なんのこと？」

「俺の気晴らしに誘《さそ》ってくれたんだろう？」

「違うわよ。本当に手伝いが欲《ほ》しかっただけよ」

「ふん、まあそういうことにしといてやるよ」

すっかりいつものシスランに戻りホッとしているうちに、私の部屋に到着《とうちゃく》した。

「送ってくれてありがとう」

「疲れただろうからゆっくり休めよ」

「シスランもね」

「ああ」

手を振って部屋に入ろうとしたその時――。

「シスラン」

私達は同時にその声が聞こえた方を見る。するとそこにはカイゼルが早足でこちらに向かってくる姿があった。

「カイゼル？」

「ああ、セシリアも一緒だったのですね」

「はい、先程《さきほど》まで養護施設にシスランと行っていましたので」

「セシリアが養護施設へ慰問すると報告は受けていましたが、シスランまで行っていたとは知りませんでした。だから捜《さが》しても見つからなかったのですね」

「俺に何か用でもあったのか？」

「ええ。ただここでは話しにくいことですので、私の執務室《しつむしつ》に来ていただきたいのです」

「ああわかった。じゃあセシリア、行ってくる」

「セシリア慌ただしくしてしまいすみません。しっかりと体を休めてくださいね」

そうして二人は一緒に去っていった。

（カイゼルの用事ってなんだろう？　……まあ私が気にしてもしょうがないか）

特に深く考えることはせず、自分の部屋に入っていったのだった。


私はカイゼルの政務の手伝いをするため部屋に行ったが、不在だったため自室に戻ることにした。

（カイゼル、最近忙しいのか部屋にいないことが多いな～。まあ前に国王の仕事を覚えるとも言っていたし仕方ないか。今日は本でも読んで寛《くつろ》いでいよう。……そういえば、マリーとカイゼルの進展具合はどうなっているんだろう？　確認《かくにん》しようにもカイゼルとあまり会えていないから、マリーのこと聞けないいんだよね。会えても忙しそうにすぐどこかへ行

ってしまうし……ちょっと寂《さび》しいな)

足を止め寂しさを感じながら胸に手を当てる。そんな私の耳に突然《とつぜん》大きな声が聞こえてきた。

「もうなんなのよ!」

その声に驚きながらそっと壁《かべ》に身を隠《かく》し角から覗き見る。するとそこにはマリーが怒りの表情で廊下の柵《さく》に手を置いて外を向いていた。

(何をそんなに怒っているんだろう?)

疑問に思いながらも、なんだか出づらい雰囲気にその場を動けなくなってしまう。

「皆してニーナ、ニーナって褒《ほ》め称《たた》えるばかりか、私も同じようにしろってうるさいのよ! そもそもニーナは前のヒロインなのに、結局誰とも結ばれなかったじゃない。だからVRバージョンの新ヒロインである私が選ばれてここにいるんでしょ? それなのに巫女の役目ばかり押しつけて、全然好感度上げに行けないんだけど! ここは乙女ゲームの世界なんだから、恋愛《れんあい》が優先されるべきでしょ!」

マリーの言葉を聞きようやく合点《がてん》がいった。

(なるほど『悠久《ゆうきゅう》の時を貴女《あなた》と共に』のVRバージョンが出ていたんだ。うわ〜やってみたかったな〜。でもそうか私が前世でプレイしていたゲームのいくつかも、VRバージョンが出ていたしその可能性も十分あったわね。確かにゲームによって内容はそのままで、

主人公が変更《へんこう》できるものもあったな～。だからマリーがヒロインなのね）

一人納得していると、さらにマリーが怒りに任せて言葉を発した。

「絶対ニーナは私の容姿を妬《ねた》んであんなに口うるさいのね。だってヒロインなのに全然可愛くないんだもの！」

（……はあ？）

私はその言葉を聞き、思わずムッとしてマリーに駆け寄《よ》ったのだ。

「ちょっとマリーさん！」

「なっ、セシリア⁉　なんであなたがここにいるのよ」

「ここは誰もが通る廊下です。それよりも聞き捨てならない言葉が聞こえましたが」

「もしかして盗《ぬす》み聞《ぎ》きしていたの？　やっぱり悪役令嬢ね、性格悪いわ」

「そもそもあのように大きな声で話していれば、聞きたくなくても聞こえてしまいます。そんなことよりニーナのことです！　どこがニーナは可愛くないんですか？　十分可愛いです！」

「一体何を言っているのよあなた。普通悪役令嬢がヒロインを可愛いなんて言わないわよ。まあ私の作り上げたこのマリーならわからないでもないけど」

「作り上げた？」

「どうせあなたには言ってもわからないでしょうが、新要素でヒロインをキャラメイクできたのよ。だから私は最高のヒロインを作り上げたの。それがこの完璧《かんぺき》で美しく誰もが魅《み》了《りょう》される容姿を持ったマリーなのよ」

「……見た目がよくても中身が伴《ともな》わないと意味がないです」

「何が言いたいのよ。……ああそっか、あなたも私の容姿に嫉妬《しっと》しているのね。だって私の方が断然優《すぐ》れているもの。でも恨《うら》まないでね。あなたは悪役令嬢で所詮《しょせん》、私の引き立て役にすぎないんだから」

勝《か》ち誇《ほこ》った笑みを向けられ、だんだんと冷静になってきた。

(駄目だこの子。自分本位で人の話を全く聞いてくれない)

どうしたものかと頭を悩ませていたその時、私の前に割り込んでくる人物が現れた。

「ちょっと貴女、セシリア様に対して失礼にもほどがありますわ！」

「レイティア様!?」

まさかのレイティア様の登場に、私は驚きの声をあげる。

「誰よあなた」

マリーは怪訝《けげん》な表情でレイティア様を睨《にら》んだ。

「わたくしはセシリア様の大の親友ですわ！」

「親友？　ああ悪役令嬢の取り巻きキャラか。でもゲームには登場しなかったわね。それでそのモブが私になんの用？」

「モブってなんですの？　いえそんなことよりもまたセシリア様を悪く言いましたわね。セシリア様のどこが悪役令嬢よ！　それに引き立て役とか言って馬鹿にして何様のおつもり？」

「私はこの世界の主人公なの。だから悪役令嬢であるセシリアをどう扱《あつか》おうが私の自由よ。それにセシリアは私に勝てないの。だって最初からそう決まっているんだから」

マリーの言葉に胸がズキンと痛んだ。

「はぁ？　言っている意味がわからないわ。セシリア様が貴女なんかに負けるわけないでしょ！　いい加減なこと言わないでほしいわ」

「うるさいわね。モブなんだからもうどこかに行きなさいよ」

「セシリア様に謝るまで引かないわ」

「なんで私が謝らなくちゃいけないのよ」

二人の言い争いはどんどんと過熱していった。さすがにこれはマズイと感じ止めようと動きだす。

「ちょっと二人ともそろそろ止め……」

「セシリア様に謝りなさい！」

「きゃぁ……痛っ！」

レイティア様がひときわ大きな声を出しマリーの体を押す。その衝撃《しょうげき》でマリーは後ろに倒《たお》れて尻《しり》もちをついてしまった。そこでようやくレイティア様は、自分のしたことに気がつき青ざめて手で口を押さえる。私はとりあえずマリーを助けようと手を伸《の》ばしたが、その時別の声が響《ひび》き渡った。

「一体なんの騒《さわ》ぎです？」

手を伸ばした体勢のまま横を向くと、カイゼルがこちらに向かってくるところだった。さらに最悪なことに、私達の騒ぎを聞きつけた使用人達も集まってきてしまった。今の構図が見る人によっては、私がマリーを突《つ》き飛《と》ばしたように見えてしまうことにハッと気がつく。

（これは非常にマズイ状況《じょうきょう》かも）

するとマリーが慌てて立ち上がり、カイゼルの胸に飛び込んだ。

「カイゼル王子、セシリアが突き飛ばしてきたの。私は普通に話していただけなのに」

「ちょっと貴女、一体何を言っているの!? それは……」

「ああ倒れた拍子《ひょうし》に腕を捻《ひね》ったからとても痛いわ」

レイティア様の言葉を遮《さえぎ》るように、マリーは目に涙《なみだ》をため上目遣《うわめづか》いで右手首を押さえてカイゼルに訴《うった》えてみせた。そんなマリーにカイゼルが何か言おうと口を開きかけ、そこにタイミング悪くロンウェル伯爵まで登場してしまったのだ。

「おやおや、これはなんの騒ぎですかな？ ん？ そこにいるのは我が義娘《むすめ》、マリーではないか。どうしたのだ？」

「お義父様《とうさま》！　実はこのセシリアに突き飛ばされて腕を怪我《けが》したの」

「なんと！　セシリア嬢《じょう》、我が義娘になんの恨みが」

「恨みだなんて。そもそも私は……」

「ああそうか、やはり噂《うわさ》は本当だったのですね」

ロンウェル伯爵が私の言葉を遮って話を続ける。

「噂？」

「セシリア嬢が裏でマリーを苛《いじ》めていると」

「なっ⁉」

私は驚いた表情を浮かべると、ロンウェル伯爵はわざとらしくさらに大きな声を出した。

「その様子は真実なようですわ。おおマリー可哀想《かわいそう》に」

「違っ……」

しかし集まっていた使用人達が困惑《こんわく》の表情で私を見ていることに気がつき、言葉を詰まらせる。ちらりとカイゼルを見ると、難しい表情を浮かべていた。

（もしかしてカイゼルも私のことを……いやそんなはずはない。おそらくこの場をどうするか考えているんだと思う。だけどマリーが突き飛ばされた状況を見ていないカイゼルには、私を庇《かば》うことは難しい。だったらここは自分でなんとかしないと）

私は小さく深呼吸すると、スッと姿勢を正してマリーに向かって頭を下げた。

「マリーさん、ごめんなさい。そのようなつもりではなかったにしろ、結果として貴女に怪我を負わせてしまいました。心からお詫《わ》びいたします」

「セシリア様！」

レイティア様が慌てた様子で声をかけてくるが、私は頭を上げて首を振ってみせる。

「私が全て悪いのです。どうか私の謝罪を受け入れてもらえないでしょうか？」

真剣《しんけん》な表情を向けると、マリーはたじろいだ。

「そ、そこまで謝ってくれるのなら私はべつに……」

「マリー何を言い出すんだ！　お前はこのセシリア嬢に苛めを受けていたのだろう？　だからこうして謝られて……」

「ロンウェル伯爵、どうも勘違《かんちが》いをされているようですので訂正《ていせい》させていただきますね。この謝罪は今回のマリーさんの怪我に対するものです。そもそも私、マリーさんを苛めてなどおりませんので。そのことに関しては謝罪いたしません」

「ふん、口ではなんとでも言える」

「そこまでおっしゃるのでしたら、苛めていたという証拠《しょうこ》を見せていただけませんか？　まあ私には全く身に覚えがないものばかりになると思いますが」

「そ、それは……」

ロンウェル伯爵は目を泳がせて言葉を詰まらせた。

（薄々《うすうす》そんな気がしていたけど、証拠はないのね。だけど意外、ロンウェル伯爵のことだから捏造《ねつぞう》してでも証拠を出してきそうなものなのに……）

するとロンウェル伯爵は顔をしかめ小さく呟いた。

「くそ、誰かに邪魔されなければ今頃《いまごろ》証拠が……」

「ロンウェル伯爵？」

「っ……なんでもない！」

様子のおかしいロンウェル伯爵に声をかけると、ムッとして顔を逸らされてしまった。

そんなロンウェル伯爵を不思議に思いながらも、私はカイゼルの方に顔を向けその胸に体を預けながら困惑した表情を浮かべているマリーを見る。

「カイゼル、マリーさんの怪我の治療《ちりょう》をお願いできますか？」

「……わかりました。さあマリー嬢行きましょうか」

「え？　え、ええ」

カイゼルに促《うなが》され、マリーは戸惑いながら歩きだす。

（まさかこの状況で、私がマリーのことをカイゼルに任すとは思わなかったでしょうね。でもここはカイゼルが一番適任なんだもの。カイゼルもそれをわかってくれたみたい）

寄り添って歩く二人の姿をなんだか複雑な気持ちで見送っていると、ロンウェル伯爵が私の横を通り過ぎながら鋭《するど》い眼差しで睨みつけてきた。

「やはり邪魔な娘だ」

「え？」

ぼそりと呟かれ驚いてロンウェル伯爵の方を見るが、すでに離《はな》れてしまっていた。

「セシリア様……わたくしのせいでこのようなことになってしまい、ごめんなさい」

憔悴《しょうすい》しきったレイティア様が話しかけてきた。

「いいえ、気にしないでください。それに私のために怒ってくださったのですから。こちらこそありがとうございます」

「セシリア様……」

レイティア様は目を閉じ胸の前で手をぎゅっと握りしめる。そして次に目を開けると、険しい顔でロンウェル伯爵を見つめた。

「………後でカイゼル王子にお伝えしなくてはいけませんわね」

「レイティア様？」

何か小さくぶつぶつと呟いていたので顔を向けると、にっこりと微笑まれてしまう。

「なんでもありませんわ。さあわたくし達も行きましょう」

「え、ええ」

レイティア様に手を引かれ、私達はその場を離れたのだった。

六　悪役令嬢の想い

マリーと口論した翌日から、私はカイゼルとマリーが一緒《いっしょ》にいるのをよく見かけるようになった。

「……また今日も二人でいる」

中庭にある東屋《あずまや》で二人が仲良く並んで座り話をしている。

「マリーの治療《ちりょう》を任せた時に、何か進展があったのかな？」

しかし仲睦《むつ》まじくしている二人の姿を見て、なんだか胸がもやもやしだした。

「いやいや、二人が仲良くなるのはいいことじゃない！　この状況《じょうきょう》を私は望んでいたんだからさ」

私は自分にそう言い聞かせ、急いでその場を離《はな》れたのだった。しかしまた別の日も、まるでわざとかと思えるほど二人の姿を見つけてしまう。

今度は庭園でお茶会をしていて、マリーがカイゼルにケーキを食べさせていた。

「……」

私は何故《なぜ》かイライラしてくる気持ちを抑《おさ》え、無言で立ち去る。結局その後もそんな場面を何度か見ることになり、私はどんどんと気分が落ち込んでいったのだった。

(やっぱりカイゼルルートに入ったことで、カイゼルはマリーのことが好きになったんだ。ゲームの強制力は凄《すご》いね。だけどどうしてだろう？　当初の目的通りに二人がくっついたのに全然喜べない。むしろ二人が仲良くなるにつれて辛《つら》くなるんだけど……もしかしてゲームのセシリアも、ニーナとカイゼルが仲良くなっていく姿をこんな気持ちで見ていたのかな。まあさすがに私はマリーに意地悪してまで別れさせようとは思わないけど。それこそ死亡エンドまっしぐらだもの)

自分の精神的にもなるべく二人のことを考えないようにしていた。だけどそう思えば思うほど頭から離れず、最近ではあまり眠《ねむ》れないでいた。そんな状態で廊下《ろうか》をふらふら歩いていたら、何もないところで足を取られ前のめりに倒《たお》れそうになってしまったのだ。

「危ない！」

床《ゆか》に倒れる寸前で誰《だれ》かが私を支えてくれた。

「ありがとうござい……え？」

お礼を言いながら顔を上げ予想外の人物に固まってしまう。

「お久しぶりです、セシリア様」

ほんわかと笑うヴェルヘルムの侍従《じじゅう》のノエルがそこにいたからだ。

「ノエル!? どうしてここに居るのですか？　ランドリック帝国《ていこく》に帰られたはずでは？」

「ええ、陛下と共に帰国いたしましたよ。ただ用事がありまして、今度は私一人でこちらに来ました」

「そうなのですね。そういえばヴェルヘルムやアンジェリカ姫《ひめ》はお元気ですか？」

「ええ、お二方ともお元気に過ごされていますよ。そうそう陛下とアンジェリカ姫から、ご伝言を頼《たの》まれております」

「伝言ですか？」

「はい。陛下は皇妃《おうひ》として迎《むか》え入《い》れる準備はできているから、いつでも俺のところにこいとのことです。アンジェリカ姫は、セシリアお姉様が嫁《とつ》いできてくださるのをいつまでもお待ちしていますわと。どうですか？　このまま私と一緒にランドリック帝国に行きませんか？」

にこにことノエルは笑って私の返事を待った。

「ふふ、ノエルも含《ふく》めて皆《みな》さんお変わりありませんね。だけどヴェルヘルムやアンジェリカ姫にお伝えください。友人としてならいつでも遊びに伺《うかが》いますと」

「そうですかそれは残念です」

言葉ではそう言うが全く残念そうには見えず、おそらく私の答えを予想していたのだろう。

「さてカイゼル王子にお会いしないといけませんので、これで失礼いたします」

「カイゼルに？　何かあったのですか？」

「それはさすがに機密事項《じこう》ですので、いくらセシリア様でもお教えすることはできません」

「わかりました、そのような事情だとは知らず聞いてしまい申し訳ありません。あ、そうでした。先程《さきほど》は倒れそうなところを助けていただき、ありがとうございました」

「いえいえ、お礼などいいですよ。それよりも足元にはお気をつけくださいね。セシリア様が怪我《けが》でもされましたら、悲しむ方々が大勢いますから」

「今度は気をつけます」

そうしてノエルは私に一礼してから去っていった。

(ノエルがくるほどの機密事項って一体なんだろう？)

疑問に思ったが、考えても何も答えは出なかったのだった。

ノエルと会ってから数日後、私は自室で荷物の整理をしていた。

(きっとそのうちカイゼルの方から婚約《こんやく》破棄《はき》が発表されて城を出ていくことになるんだし、いまのうちにまとめられる荷物はまとめておこう)

ダリアには適当な理由をつけて整頓《せいとん》していると言ってある。

「あ、これ図書室で借りたままだった」

ひざ掛《か》けの下に隠《かく》れていた一冊の本を手に取り苦笑いを浮《う》かべる。

「忘れないうちに返しておかないとね」

私は本を持って図書室に向かうことにした。しかしその途中《とちゅう》、廊下の角を曲がろうとして衝撃《しょうげき》の場面に出くわす。そこでは背中しか見えないカイゼルが、マリーの肩《かた》に手を置き目を瞑《つぶ》るマリーに顔を寄せているところだったのだ。

「っ！」

どう見てもキスする寸前の一人に、私は酷《ひど》く胸が苦しくなり持っていた本を落としてしまった。するとその音に気がついたカイゼルが、こちらに振《ふ》り向《む》き驚《おどろ》きの表情を浮かべる。

しかし私はそれ以上カイゼルの顔を見ることができず、踵《きびす》を返《かえ》して逃《に》げ出《だ》した。

「セシリア！」

後ろを振り返らず必死に走ったが、私の手をカイゼルが掴《つか》み足を止められてしまう。

「セシリア待ってください！」

「離してください！」

私は俯《うつむ》いたまま頭を振り必死に離れようとする。しかしカイゼルは手を離してくれない。

「先程のは違《ちが》うのです」

「っ……何が違うのですか？」

勢いよく顔を上げると、カイゼルは驚いたように目を見開く。そして辛そうな顔で突然《とつぜん》私を強く抱《だ》きしめてきた。

「セシリア、泣かないでください」

「泣いてなんかいません！」

そう言いながらも私の目から涙《なみだ》が溢《あふ》れてきているのを感じる。

（泣きたいわけじゃないのになんでこんなに悲しいの？）

自分でもよくわからない感情に困惑《こんわく》しながら、私はカイゼルに問いかけた。

「カイゼルはマリーのことが好きになったのですか？」

「それは……っ」

何故か急に言葉を詰《つ》まらせる。

「カイゼル？」

「すみません」

「やっぱり好きになったのですね？」

「……すみません」

顔を曇《くも》らせただ謝るだけのカイゼルに、だんだんとイライラして体を押し退《の》けた。

「もういいです！」

それだけ言うと私は再び走りだす。しかし今度は追いかけてくる様子はない。そのことに胸の痛みが増し、苦しさを覚えるが足を止めることはできなかった。その視界の端《はし》に、勝《か》ち誇《ほこ》った笑《え》みを浮かべているマリーの姿が映ったが、もうどうでもよかった。

早くカイゼルのそばから離れたいと無我夢中《むがむちゅう》で走っていたら、廊下の角で誰かとぶつかってしまう。

「ご、ごめんなさい」

「セシリア？」

「え？」

顔も見ず謝っていたら名を呼ばれ驚いて顔を上げた。どうやらシスランにぶつかってしまったらしい。しかし私の顔を見ると怪訝《けげん》な表情になる。

「酷い顔だな。一体どうし……ここじゃ他に人がくる。ひとまずここの部屋に入るぞ」

有無《うむ》を言わせず私の手を摑むと、近くの空き部屋に連れていかれた。そしてソファに座らされそっとハンカチを差し出される。

「とりあえず顔を拭《ふ》いておけ」

「……ありがとう」

シスランからハンカチを受け取り、涙で濡《ぬ》れた頰《ほお》を拭《ぬぐ》う。その間シスランは黙《だま》って向かい側のソファに座っていてくれた。

「ハンカチ洗って返すね」

「べつにいい。それはお前にやる」

「じゃあ今度新しいのを贈《おく》るね」

「そんなの気にしなくてもいい。それよりも落ち着いたようだな」

「ええ。変なところ見せてごめんね」

頷《うなず》いて苦笑いを浮かべる。

「それで何があったんだ？」

「それは……」

さっきのことを考えるだけで胸が苦しくなり、言葉にするのを躊躇《ためら》ってしまう。

「辛いことは人に聞いてもらった方が少しは楽になるぞ」

「……そうね。実は……」

そうして私はシスランに事情を説明した。すると私の話を聞き終えたシスランが険しい顔でぼそりと呟《つぶや》く。

「……やりすぎだ」

「え？」

なんのことかわからず問い返すが、深くため息をつくと立ち上がり私の近くに来た。

「シスラン？」

どうしたんだろうと首を傾《かし》げ見上げていると、突然体を引き寄せられ抱きしめられてしまった。

「なっ⁉」

「セシリア、俺を選べ」

「え？」

「俺なら絶対お前を泣かせたりしないし、必ず幸せにしてみせる」

「シスラン……」

「セシリア、好きだ」

「っ……」

真剣《しんけん》な表情のシスランに心臓が跳《は》ねる。

（……シスランとならきっと、毎日言い合いながらも楽しく過ごせるかも）

そんな未来を想像し目を閉じて体を預ける。しかし——。

『セシリア、愛しています』

脳裏《のうり》に私を愛《いと》しそうに見つめ微笑《ほほえ》んでいるカイゼルの顔が浮かび、咄嗟《とっさ》に目を開けた。

（なんでここでカイゼルが？）

戸惑《とまど》っている間も頭では様々な表情のカイゼルが浮かんでは消える。そしてカイゼルに初めて告白をされキスをされた時のことを思い出し、今まで一番大きく心臓が跳ねた。

その瞬間《しゅんかん》、ようやく自分の気持ちに気がついた。

（そうか私……カイゼルのことが好きなんだ）

私は驚きの表情のままシスランの顔を見上げる。するとシスランはじっと私の顔を見つめてから、小さくため息をつき体を離した。

「その様子だと自分の気持ちに気がついたんだな」

「……シスラン、わかっていたの？」

「ずいぶん前からな。おそらくカイゼル王子以外の他の奴《やつ》らも気がついているんじゃないか？　ただセシリア自身が自覚してないようだったから、まだチャンスはあると思っていたんだろう。まあそれは俺もだが」

シスランはお手上げのように両手をあげ自嘲《じちょう》気味に笑う。そんなシスランに私は姿勢を正して真剣な表情を向けた。

「シスラン、気づかせてくれてありがとう。そして貴方《あなた》の想《おも》いに応えられなくてごめんね」

「ふん、損な役回りだ。……だけどちゃんと返事をしてくれてありがとうな。まあ時間はかかるだろうがこれで前に進める」

「シスラン……」

「俺は少しここで休んでから行く。送ってはいけないがいいか？」

「ええ、大丈夫《だいじょうぶ》よ」

私は頷き扉《とびら》に向かって歩いていく。だけどピタリと立ち止まってシスランの方に振り返った。

「シスランは私の中で、一番信頼《しんらい》できる友人だからね！」

「ふっ、お前の一番になれてありがたいよ」

いつものようにニヤリと笑うシスランに、私も笑顔《えがお》を返したのだった。

部屋に戻《もど》った私は寝室《しんしつ》で一人考える。

（カイゼルが好き……これは間違《まちが》いなく私の気持ち。だけど私の気持ちを押しつけたいとは思わない。だって今のカイゼルは……マリーのことが好きだから、多分。カイゼルの気持ちを無視してまで、自分だけが幸せになるなんて絶対できない！）

私はグッと拳《こぶし》を握《にぎ》りしめた。

（だったらカイゼルの想いを尊重して、このまま黙って二人を見守って……いやそれは駄《だ》目《め》だ。ただ死亡エンドを回避《かいひ》するだけなら確かにこのままでもいいかもしれないけど、私はカイゼルに幸せになって欲しいの。でもあのマリーではカイゼルが不幸になってしまう。もし相手がニーナだったら自分の気持ちを押し殺してでも祝福していただろうけど、今ま

での言動を考えると相手がマリーでは無理。少なくとも今のままのマリーでは）
決意を込《こ》めた目で天井《てんじょう》を見上げ私は口を開いた。
「だったら私がするべきことはひとつね！」
誰もいない部屋の中で力強く言いきったのだった。

私はマリーを捜《さが》して城の中を歩き回っていた。先に神殿《しんでん》に行ってみたが、すでに出かけたあとだったのでおそらく城の中にいると思ったからだ。

そうしてしばらく歩いていると、ようやくマリーの姿を階段付近で発見する。

「マリーさん！」

私は駆《か》け足《あし》で向かい階段を上ってマリーに声をかけた。マリーは私を見て不敵に笑う。

「あら負け犬のセシリア、私に何か用？」

「……ちょっとお話があります」

「私こう見えて忙《いそが》しいの。今からカイゼルに会いに行くところなんだから」

カイゼルを敬称《けいしょう》なしで呼んだことにピクリと肩が揺《ゆ》れたが、なんとか平静を保って話を続ける。

「どうしてもマリーさんにお話ししたいことが」

「もう何？　手短にしてよね」

面倒《めんどう》くさそうにしているが、とりあえず話を聞いてもらえるようでホッとする。

「では単刀直入に言わせていただきます。マリーさん、カイゼルのことを考えるならもっとご自身の言動を見直し、相手のことを考えて行動してください」

「……何をいきなり言い出すのよ」

「いいから聞いてください。お互《たが》いを尊重し合い助け合える仲にならないと、カイゼルはもちろんマリーさんもこの先大変なことになります」

「なんであなたなんかにそんなこと言われなくちゃいけないのよ。気分が悪い。もう行くわ」

そう言ってマリーは不機嫌《ふきげん》そうな顔で階段を上りきってしまった。そんなマリーの様子に私はある疑問が湧《わ》き、その手を掴み引き留める。

「ねえマリーさん……貴女《あなた》、カイゼルのことが好きなんですよね？」

「は？　カイゼルが私を愛してくれているんだからそんなの当たり前でしょ」

「……私が聞いているのは、マリーさんがカイゼルを好きかどうかです」

「言っている意味がわからないんだけど。それよりもいい加減手を離してよ！」

嫌悪感《けんおかん》をあらわに私を睨《にら》みつけてきた。

（もしかしてマリーの好きって、カイゼルのキャラがただ好きってだけなんじゃ……）

そんな気がしたがカイゼルがマリーを好きになっている以上、今は説得することを優先した。

「お願いです。本当にカイゼルのことが好きなら、相応《ふさわ》しい人になるよう努力してくださ い！　そうしてくれれば私もおとなしく身を引けるから……」

「はぁ？　悪役令嬢《あくやくれいじょう》のあなたが身を引くとかどうでもいいんだけど。どうせ結末は変わらないんだから。私に説教なんてしないで！」

マリーは怒《いか》りのまま力強く私の手を振りほどいてきた。するとその反動で私は階段から足を踏《ふ》み外《はず》し宙に投げ出される。

（あ、これはヤバイやつだ）

こちらを驚いた表情で見ているマリーからどんどん離れながら、私は最悪の事態を覚悟《かくご》し目を瞑った。

「姫！」

そんな声と共に包み込まれるような感触《かんしょく》を背中に感じ、続いて何かがぶつかる大きな音が聞こえ、そして静かになる。私は恐《おそ》る恐る目を開けると豪勢《ごうせい》な天井が見えた。そしてお腹《なか》に誰かの腕《うで》が回っていて頭上に息づかいを感じる。確認《かくにん》しようと身をよじり後ろに視線を向けると、そこにはビクトルの顔があった。

「ビクトル⁉」

ビクトルは私の体を支えながら身を起こし、真剣な表情で見つめてくる。

「姫、ご無事ですか？」

「え、ええ大丈夫です。ビクトルが助けてくださったのですね。ありがとうございます」

「いえ。……間に合ってよかった」

ホッとした様子で私を立たせてくれた。

「ビクトルの方は怪我はないのですか？　私の下敷《したじ》きになっていましたし……」

「姫は軽いので、これぐらいでは怪我などいたしません」

「そうなのですか？」

ある程度の高さから落ちた人間を受け止めて倒れているのに、平気というのが信じられなかったがビクトルの様子を見る限り本当のことなんだろうと納得《なっとく》する。

（あ、そういえばマリーは？）

どうしているのか気になりマリーを見ると、青ざめた顔で佇《たたず》んでいた。しかし私から視線を動かした途端《とたん》、顔を引きつらせ怯《おび》えだす。一体どうしたのかとマリーの見ている方を見て納得した。ビクトルがマリーを鋭《するど》い眼差《まなざ》しで睨んでいたからだ。

「わ、私は悪くないわ！」

そう叫《さけ》ぶと踵を返し慌《あわ》てて去ってしまった。

（はぁ～マリーを説得するのは失敗か。でもマリー自身に変わってもらわないといけないことだし、何度でも試みよう！）

私はそう心の中で奮起する。

「姫、お部屋までお送りいたします」

「私は大丈夫ですので、ビクトルは職務に戻ってください」

「いえ、お送りさせてください」

鬼気迫《ききせま》る勢いで言われ、私は仕方ないと苦笑いを浮かべた。

「わかりました。ではお願いします」

そうしてビクトルに送られ部屋まで到着《とうちゃく》すると、何故か真剣な顔で忠告をされる。

「姫、戸締《とじ》まりはしっかりして不用意な外出は控《ひか》えてください」

「そこまで心配していただかなくても大丈夫ですよ」

「約束してください」

「……わかりました」

なんだかいつもと違うビクトルの気迫《きはく》に戸惑いながらも、私は頷いてあげた。するとようやくホッとしたのか顔が少し緩《ゆる》んだ。

「では私はこれで」

ビクトルは私に一礼して去っていき、その後ろ姿を見送ってから私も部屋の中に入っていったのだった。

　ビクトルは険しい表情のままある部屋の前に立つ。扉の両脇《りょうわき》には警備の騎士《きし》が立っており、その騎士達にビクトルは頷く。そして扉をノックして入室の許可を得た。

「失礼します」

「ビクトル、どうかしたのですか？」

　部屋の中には執務《しつむ》机に座るカイゼル王子と、そのそばで書類を持ったシスランが立っている。さらに二つある長椅子《ながいす》にはそれぞれアルフェルド皇子とレイティア嬢《じょう》が座り、出窓にレオン王子が座っていた。

　ビクトルはカイゼルの前まで移動すると口を開く。

「姫……セシリア様がマリー嬢に階段から突《つ》き落《お》とされました」

「なっ⁉」

　カイゼル王子は驚いた表情で立ち上がり、他の者も皆一様に動揺《どうよう》する。

「セシリアは無事なのですか？」

「はい。たまたまその現場に居合わせることができましたのでお助けいたしました。どこも怪我などされていません」

「そうですか……」

カイゼル王子はホッとした顔で椅子に座り直し胸を撫《な》で下《お》ろす。

「状況からして今回は偶然《ぐうぜん》の事故だと思われますが、また同じことが起こる可能性は否定できません。むしろ今度は悪意を持ってセシリア様を害されることもあり得ますかと」

ビクトルの話を聞き終えたカイゼル王子は、机の上で手を組み一度目を瞑って黙り込む。

その間誰も言葉を発しなかった。そしてゆっくりと目を開けその瞳《ひとみ》の奥に怒りの炎《ほのお》を宿しながら、にっこり似非《えせ》スマイルを浮かべた。

「そろそろ頃合《ころあ》いですね。では作戦を決行するといたしましょう」

カイゼル王子の号令に、そこにいた人達は同時に頷いたのだった。

七 断罪の時

カイゼル主催《しゅさい》の舞踏会《ぶとうかい》が開かれることになった。しかし事前にカイゼルの使いの者から、今回はパートナーとして一緒《いっしょ》に行くことができないと連絡《れんらく》を受ける。

（やっぱりそういうことよね……結局最後までマリーを説得しきれなかったけど、まだ望みがないわけじゃない。どんな結果になろうと、この舞踏会で必ず成《な》し遂《と》げてみせる。

……たとえ断罪されようとも）

舞踏会の意味を察し、私は決意を固めたのだった。

そうして舞踏会当日、一人で広間に入ると他の貴族達が私を見てざわつきだす。

（まあそうよね。いつもは必ずカイゼルと一緒に入場していたから）

こうなることは予想済みだったので、毅然《きぜん》とした態度で広間の中を歩いていった。すると主催者であるカイゼルが入場する知らせが聞こえる。

私は入り口に目をやるとやはりというべきか、カイゼルに伴《ともな》われ豪華《ごうか》に着飾《きかざ》ったマリーが入ってきた。その途端《とたん》貴族達が私とマリーを交互《こうご》に見て、コソコソと話しだす。

「あの噂《うわさ》は本当だったんだな」

「噂？」

「聞いたことないのか？　カイゼル王子がセシリア様からマリー様に、婚約者《こんやくしゃ》を替《か》えるつもりでいると」

「そうなのか？」

「私も聞いた時は半信半疑だったが、この状況《じょうきょう》を見たらな～」

「俺は別の噂を聞いたぞ？　セシリア様が裏で数々の悪行を働き、それを止めようとしたマリー様を逆に苛《いじ》めていたと」

「ああその話だったらワシも聞いたぞ。確かそれらしき場面も目撃《もくげき》されたらしい。しかし目撃した者達は不思議と、誰《だれ》も信じなかったとか。だが婚約者の件は本当なんだろうな。ワシの知り合いが何人も、カイゼル王子とマリー様が仲良く過ごされているのを見たと言っていたからな」

「私もそれは見たわ」

「ほら見てみろ。さっそくロンウェル伯爵《はくしゃく》に取り入ろうと、何人かの貴族が集まっている」

私は視線をロンウェル伯爵の方に向けると、確かに大勢の貴族に囲まれて上機嫌《じょうきげん》に笑っているのが見えた。その隣《となり》にはマクスもニヤニヤしながら立っている。

私は小さく深呼吸をすると、これから始まるであろう出来事に動揺《どうよう》しないように身構えた。

カイゼルはマリーを連れて壇上《だんじょう》に上がり広間を見渡《みわた》す。そして似非《えせ》スマイルを浮《う》かべたまま言葉を発した。

「今宵《こよい》は私が主催した舞踏会に集まっていただき感謝します。存分に楽しいひとときを過ごしてください。ただその前にどうしても皆《みな》にお伝えしたいことがあります」

その言葉に視線が一気に私へ集まるのを感じた。

「セシリア、すみませんが前に出てきてくれませんか？」

「……はい」

私は返事をすると前に歩み出る。そして壇上のカイゼルとマリーを見上げた。マリーはカイゼルの隣に立ち優越感《ゆうえつ》に浸《ひた》りながら私を見下ろしている。

（結局こうなるんだね。どんなに頑張《がんば》っても私は、悪役令嬢《あくやくれいじょう》の枷《かせ》から逃《のが》れられない……）

わかっていたことだけど実際目の前に現実を突《つ》きつけられると、結構キツイものがあった。それを表情には出さず、私は凛《りん》とした態度で口を開いた。

「カイゼル……お話をお聞きする前に、先に私からお話ししてもよろしいでしょうか？」

「セシリアから？　べつにいいですが……」

「ありがとうございます。ではまず先に、私はもう国外追放でも処刑《しょけい》でも受け入れる覚悟《かくご》はできています。それを踏《ふ》まえて私のお話を聞いてください」

「セシリア、一体何を？」

私の言葉を聞き驚《おどろ》きの表情を浮かべるが、あえて無視し話を続けた。

「ご無礼なことだとは承知で言わせていただきます。マリーさんはカイゼルに相応《ふさわ》しくありません。いくらカイゼルがマリーさんを好きだとしても、人を蔑《ないがし》ろにするような方が王太子妃ひいては未来の王妃《おうひ》になってはいけないからです。王妃というのは自分のことだけではなく、夫である王を支え共に助け合い国民を導いていかなければいけない立場なのです。しかしマリーさんはカイゼルのためになにかをしようとは考えず、自分の想《おも》いだけを優先する行動ばかり。そのような方にカイゼルを幸せにできるとは到底《とうてい》思えません。だから今一度、結婚《けっこん》相手にマリーさんが相応しいかどうか考えてください。きっとカイゼルなら正しい判断をしてくださると私は信じています」

私はそこまで一気に言いきり唖然《あぜん》としたまま固まっているカイゼルに、スカートの裾《すそ》を摘《つ》まんで腰《こし》を落とし頭を下げる。

「カイゼルの幸せを願い、婚約破棄《はき》を慎《つつし》んでお受けいたします」

そうしてスッと姿勢を戻《もど》すと、くるりと踵《きびす》を返《かえ》して出口に向かった。

（きっとこれでカイゼルに会えるのは最後ね）

胸がズキズキと痛むが、この後どんな処罰《しょばつ》を受けようとも後悔《こうかい》はしないと心の中で誓《ちか》う。

しかしそんな私の手を誰かが掴《つか》んで引き留めた。

「セシリア待ってください！」

「カイゼル、まだ私にご用でも？　それともここで直接処罰を言《い》い渡《わた》されるのでしょうか？」

「そのようなこと愛する貴女《あなた》にするはずがありません！」

「……え？」

意味がわからないといった表情を向けると、カイゼルは真剣《しんけん》な顔で膝《ひざ》を折り掴んだ手を持ち上げてもう一方の手を自分の胸に当てる。

「私カイゼル・ロン・ベイゼルムはセシリア・デ・ハインツに結婚を申し込みます。どうか私の妻になってください」

そう言って微笑《ほほえ》み私の手《て》の甲《こう》にキスをしてきた。

「っ！　カ、カイゼルこれは　体どういうことなのでしょうか？」

まさかの展開に頭がついてこず激しく動揺する。

「どういうことも何も、私は最初からセシリアに求婚《きゅうこん》するつもりでいました」

「ええ⁉　私を断罪するために呼んだのではないのですか？」

「セシリアを断罪？　そのようなこと、この世の終わりが来ても絶対あり得ませんね。むしろ断罪されるのは……」

「ちょっと！　なんで私じゃなくセシリアが求婚されているのよ！」

広間中に響《ひび》くほどの声でマリーが怒《いか》りながら叫《さけ》ぶ。カイゼルは小さくため息をつくとスッと私の隣に立った。

「マリー嬢《じょう》、勘違《かんちが》いされているようでしたのでこの際ハッキリ言わせていただきますね。私は貴女のことが好きではありません」

「え？」

「理由があって貴女と一緒にいましたが、好きになることはありませんでした」

「カイゼル、何を言っているの？」

「そもそも私を敬称《けいしょう》なしで呼んでいいとは一度も言っていませんが？　おそらくセシリアのことも勝手に呼んでいるのでしょう。それだけで十分不敬罪に当たります」

スッと表情をなくし冷たい声で話しかけられ、マリーは青ざめる。

「わ、私そんなつもりは……」

「それに貴女はわかっていないのかもしれませんね。セシリアは王太子である私の婚約者であり、宰相《さいしょう》の娘《むすめ》で公爵《こうしゃく》令嬢なのですよ？　伯爵令嬢の貴女からしたら上位貴族になります。そのセシリアを貶《けな》す発言や、たとえわざとではなくとも階段から突き落とし命の危険に晒《さら》した行為《こうい》は決して許されるものではありません」

カイゼルに指摘《してき》され、マリーは言葉をなくして固まる。

「まあそれもこれも元を正せば養女に迎《むか》え入《い》れた後、しっかりと貴族のマナーや教養を教えなかったロンウェル伯《はく》に問題があるのですが」

視線をロンウェル伯爵の方に向け目を据《す》わらせる。ロンウェル伯爵は顔を引くつかせながら慌《あわ》てて話しだした。

「いやいやカイゼル王子、ワシの方でもちゃんと教育を受けさせようと準備をしておりました。ですが神殿《しんでん》で教育するからいいと断られてしまいましてな」

「そうですか。私が聞いた話と違《ちが》いますね。神殿からは基本的な教育だけを担当するはずが、ロンウェル伯から全ての教育を押しつけられたと言っていましたよ？　さすがに断ったそうですが。それにこちらで調べましたところ、教育係を探している様子はなかったようですね」

「そ、それは……」

「まあロンウェル伯は別のことで忙《いそが》しかったようですし、そちらに回す労力が惜《お》しかったのでしょうけど」

「カイゼル王子、何を言われているのかワシにはさっぱり……」

困惑《こんわく》の表情を浮かべるロンウェル伯爵に、カイゼルは尚《なお》も似非スマイルを向ける。

「国庫の横領、汚職《おしょく》、さらには王太子の婚約者の悪い噂を流しその命を狙《ねら》う。さぞ充実《じゅうじつ》した毎日を送っていたのでしょうね」

「なっ⁉」

「ああ、言い逃れはできませんよ。もうこちらには証拠《しょうこ》が全て揃《そろ》っていますので」

カイゼルが手をあげると、どこからかシスラン、ビクトル、レオン王子、アルフェルド皇子、レイティア様、さらにはもう帰ったと思っていたノエルまで現れ驚く。

「シスランお願いします」

シスランは頷《うなず》くと、使用人が運んできた大量の書類が乗った台車と共に前に進み出る。

「ここにロンウェル伯が財務大臣に就《つ》いてから今までの国庫の管理資料がある。俺は全てに目を通しそこでおかしな点をいくつか見つけた。ロンウエル伯が関わる部分だけ数字が改ざんされていたんだ。そして同時期にロンウェル伯の帳簿《ちょうぼ》にも改ざんの跡《あと》が。これだけ言えば後はわかるな」

書類の束の上に置かれていた帳簿を手に持ち見せつけた。

「な、なんでそれがそこに！」

「ふふ、それは私が頼《たの》んで貴方《あなた》のところの侍女頭《じじょがしら》に持ってきてもらったんだよ」

アルフェルド皇子がシスランの隣に立って妖《あや》しく笑う。

「ワシのところの？　そんなはずはない！　それは厳重に保管してあったはずだ」

「でもそれを他人に任せていたんだろう？　貴方、ずいぶんと使用人達に嫌《きら》われていたようだね。少し尋《たず》ねたら皆簡単に貴方のことを話してくれたよ。そう知られたら困る黒い話もね。ああ心配しなくても大丈夫《だいじょうぶ》。貴方のところの使用人達は皆こちらで保護してあるから」

「なっ!?」

「僕も聞いたよ」

アルフェルド皇子の後ろからひょっこりと顔を出したレオン王子が、天使のような微笑みを浮かべる。

「ご令嬢の皆《みんな》がね、僕に教えてくれたんだ。ロンウェル伯爵が夜会の度に、セシリア姉様の悪い噂を言いふらしていたって」

「ワシはそんなこと！」

「だけど皆あんまり信じてくれないから、今度はセシリア姉様が婚約破棄されてマリーが新しい婚約者に選ばれるって広めていたんでしょ？　ご令嬢は皆噂話《うわさばなし》が大好きだから、確かに効果的だったね」

レオン王子はスッと表情を変え、小悪魔《あくま》のような微笑みを浮かべる。

「でもいくら手の者に噂を広めさせても、すぐに誰の指示かなんて簡単にバレるよ？　だってご令嬢の皆は詮索《せんさく》するのも大好きなんだもん。そうそう証拠を捏造《ねつぞう》しようとしても無《む》駄《だ》だったでしょ？　それは僕達が徹底的《てっていてき》に潰《つぶ》しておいたんだ。……セシリア姉様を貶《おとし》める行為は絶対見逃《みのが》さないから」

仄暗《ほのぐら》い瞳《ひとみ》でレオン王子に見つめられ、ロンウェル伯爵は短い悲鳴をあげ怯《おび》える。

「あらそれで終わりだと思わないで欲しいですわ。わたくしの方もいくつかありますのよ」

悪い笑《え》みを浮かべながらレイティア様も前に進み出た。

「わたくし夜会や舞踏会で様々な男性とお話しをする機会がありましたの。そしたらそのうちの何人かが、ロンウェル伯爵からお金をお借りしているとお聞きしましたわ。ただ皆さん凄《すご》く困られていましたの。どうしてだかわかります？」

「……」

レイティア様はロンウェル伯爵に意味ありげに流し目を送る。

「ふふ、答えられませんわよね。だって法外な額の利息を請求《せいきゅう》されているのですもの」

するとレイティア様は、胸元《むなもと》から一枚の折《お》り畳《たた》まれた紙を取り出すと中を開いてみせた。

「これがお借りした借用書ですわ。さすがにその方の名誉《めいよ》にも関わりますので名前は伏《ふ》せさせていただいておりますが、内容はしっかり読んでも気づきにくい部分に小さく法外な利息率が書かれていますの。そしてここにはロンウェル伯爵のサインがありますわ」

「ふ、ふん。だがそれはちゃんとした借用書だ。お前のような小娘《こむすめ》に文句を言われる筋合いはない」

「ちゃんとした借用書であればね。実はわたくしお父様に頼んで、ロンウェル伯爵の借用書を調べていただいたの。そうしたらロンウェル伯爵が作られた借用書が不正だらけの酷《ひど》いものだってわかりましたのよ。さらに不備だらけで、全く効力がないものだとも言われましたわ」

「なっ⁉」

「ああ、もうロンウェル伯爵からお金をお借りしていた方々にはこのことはお伝えしておりますので、誰もお金は返してくださらないと思いますわ。だって皆さんすでにお借りした分は返されているそうですから。もしかしたら逆に払《はら》いすぎた分を請求されるかもしれませんわね。きっとこの中にもわたくしの知らない方々が、同じように苦しんでいらっしゃるのではないかしら」

レイティア様が周りを見渡すと、明らかに表情が明るくなった人が何人かいた。

「そうそうもうひとつ面白《おもしろ》いお話がありますのよ。わたくしに言い寄ってこられた男性方の中に、ロンウェル伯爵から賄賂《わいろ》を受け取った方がいらっしゃったみたいなの。正確にはその方のお父様のことだったみたいなのだけれど、ちょっとお酒を飲まれただけで全部お話ししてくださいましたわ。ふふ誰かとはここでは言いませんけれど」

その瞬間《しゅんかん》何人かの貴族が顔を青ざめたり目を泳がせたりする。

「賄賂なんぞワシは知らん！　そいつらがワシを貶めるために勝手に言っているだけだ！」

「あら証拠もなしにこんなこと言いませんわよ？　そうですわよね、カイゼル王子」

「ええすでにこちらの手の者に調べさせてありますので、証拠は揃っていますよ。関与《かんよ》している者のリストもあがっていますので、逃《に》げても無駄ですからね」

威圧《いあつ》感のある笑顔《えがお》で言い放つと、何人かの貴族がその場で崩《くず》れ落ち、ロンウェル伯爵は絶句する。

「最初はお父様に無理やり行かされていた夜会でしたけれど、セシリア様の役に立つことができてとても価値がありましたわ」

レイティア様は満足そうな笑みを浮かべた。

「では続いて私が」

ビクトルがそう言って並び立つ。

「……まだ何かあるのか？」

ロンウェル伯爵は胡乱《うろん》げな顔でビクトルを見た。

「ええむしろここからが一番重要なことなので。でもその前に会ってもらいたい者が。……連れてくるように」

「はっ」

ビクトルが後ろに控《ひか》えていた騎士《きし》に声をかけると、その騎士は返事をして急いで扉《とびら》から出ていく。そして次に現れた時には縄で縛《しば》られた男を引き連れていた。

（あれは……ガロン！　見つかったんだ）

ガロンは疲《つか》れきった顔で、おとなしくビクトルの隣で両膝《りょうひざ》を床《ゆか》についた。

「ロンウェル伯爵、この男に見覚えは？」

ビクトルの問いかけに、目を見開いてガロンを見ていたロンウェル伯爵が表情を戻す。

「そんな男、ワシは知らん」

「そうか。この男は聖地巡礼《じゅんれい》の旅で我々を襲《おそ》ってきた盗賊《とうぞく》団の首領。さらには姫《ひめ》……セシリア様の命を狙い失敗すると逃げ出した者だ。その男が何故《なぜ》ロンウェル伯爵のいくつかある別邸《べってい》のひとつに隠《かく》れていたんだ？」

「知らん、ワシは知らん！」

「この期に及《およ》んでまだ白を切るつもりか。この男からはすでに証言は取れている。ロンウェル伯爵の依頼《いらい》で我々を襲い、さらにセシリア様の命を奪《うば》うことができれば追加報酬《ほうしゅう》を出すと」

「そんなのその男が勝手に言っているだけだろう！」

「ならばこの契約《けいやく》書を見てもそんなことが言えるのか？」

ビクトルが懐《ふところ》から一枚の紙を取り出し見せつける。

「そ、それは！」

「これもロンウェル伯爵の別邸のひとつで発見した。内容は説明しなくてもわかるだろう。

ここにロンウェル伯爵とこのガロンのサインがしっかりと書かれている。まあこれ以外にもいくつかの証拠は入手済みだ」

「くっ」

悔《くや》しそうに唇《くちびる》を噛《か》むロンウェル伯爵を見て、カイゼルはノエルに声をかけた。

「ノエル、お待たせしました」

「ありがとうございます」

にこにこしながらノエルが前に進み出る。そんなノエルをロンウェル伯爵は不思議そうに見つめた。

「お前は確か……」

ノエルは胸に手を当てて綺麗《きれい》にお辞儀《じぎ》をする。

「知らない方もいらっしゃるかもしれませんので、軽く自己紹介《しょうかい》させていただきますね。私は数カ月ほど前にこの国を訪問していた、ランドリック帝国《ていこく》の皇帝《こうてい》、ヴェルヘルム陛下にお仕えしているノエルと申します。今回カイゼル王子からヴェルヘルム陛下へ捜査《そうさ》協力のご依頼があり、私が派遣《はけん》されました」

「何故ランドリック帝国に？」

「おや、心当たりありませんか？　それでしたらストレイド伯爵という名を出せば、ご理解いただけますでしょうか？」

「っ！」

ロンウェル伯爵の目が大きく見開いた。

「数年前にヴェルヘルム陛下が即位《そくい》されたのち、ストレイド伯爵は様々な罪に問われ国から追放されました。その後の消息はパッタリと途絶えていたのですが、どうやらロンウェル伯爵に匿《かくま》われていたようですね。そしてご訪問時に起こった陛下の妹君であるアンジェリカ皇女誘拐《ゆうかい》事件。その時の首謀《しゅぼう》者であるストレイド伯爵に手を貸していたドビリッシュ盗賊団を貴方が紹介し、さらに隠れ家《が》の屋敷《やしき》も提供されたようで」

「ワシは知らん！　そもそもワシがそんなことをしてなんの得になるんだ！」

「相変わらず知らないと言うばかりですね。まあ私の話は最後まで聞いてください」

有無《うむ》を言わさない笑みを向けられ、ロンウェル伯爵は口を閉《と》ざす。

「実はずっとストレイド伯爵の膨大《ぼうだい》な資金は、どこから手に入れていたのかわかりませんでした。しかし両国の資料を集め調べた結果判明したのです。前皇帝の統治時代からずっとロンウェル伯爵はストレイド伯爵に資金を提供し、その見返りとしてランドリック帝国から大量の鉱石を不正に入手していたようですね。そしてロンウェル伯爵はその鉱石を裏のルートで売りさばいていた。ここに取引の詳細《しょうさい》な記録がまとめてあります」

束になった紙を見せつけるように持って見せた。

（そういえばああ見えてノエルは、ランドリック帝国の諜報《ちょうほう》部隊のリーダーだった。だ

からあれだけの内容を調べることができたんだね）

きっと私の知らないところで色々調べていたんだと感心する。

「結局ヴェルヘルム陛下の統治に変わったことで、ストレイド伯爵が追放され鉱石の入手経路も断《た》たれてしまった。しかし不正な取引が発覚することを恐《おそ》れた貴方は、ストレイド伯爵を匿いさらには再び返り咲《ざ》く手助けまでされたようで。さてここまで言えば何故私がここにいるのかおわかりいただけますよね？」

「……まさかワシを捕《つか》まえに来たのか？」

「そのまさかですよ。ただしこの国での刑《けい》が決まった後になりますが。ああそうそう、セシリア様を狙われた時点で、ヴェルヘルム陛下はお許しにならないと思いますのでそのつもりでいてくださいね」

とてもいい顔でにっこりと笑った。そんなノエルを見て唖然としていたロンウェル伯爵は、わなわなと体を震《ふる》えさせ顔を真っ赤にして叫びだす。

「ワシはこの国の大臣だぞ！　それも財務大臣というこの国の中枢《ちゅうすう》を担《にな》う大事な役職だ。そのワシにこんな仕打ちをしていいと思っているのか！」

「安心してください。元大臣ですので」

「……は？」

カイゼルが似非スマイルを浮かべながら告げると、ロンウェル伯爵は困惑した表情を浮かべる。

「それは一体どういうことだ？」

「言葉の通りですよ。ロンウェル伯、貴方は大臣ではなくなっています。何故ならこの国の最高機関の決議で可決され、すでに除名されていますから。国王である父上も今回の件は了承《りょうしょう》済みです」

「なっ⁉」

「ここにいる者は皆、セシリアのためにと快く動いてくれました。貴方の敗因は絶対狙ってはいけない尊い方を狙ってしまったことです」

ロンウェル伯爵はその場でがっくりと膝を折り、うなだれてしまった。

「そうそこでこっそりと逃げようとしているマクス、貴方にもお話があります」

「お、俺は何も……」

ロンウェル伯爵のそばから離《はな》れて人混みの中に逃れようとしていたマクスが、体をビクッと震わせながらゆっくりとこちらを向く。

「王宮学術研究省の採用試験の不正行為」

「っ！」

「身に覚えがないとは言わせませんよ？　試験管に賄賂を渡し貴方とシスランの答案用紙を改ざんさせたことはすでに把握《はあく》済みですから」

「そうですよね、ライゼント伯」

カイゼルが声をかけると、シスランの父親であり王宮学術研究省の所長でもあるデミトリア先生が前に進み出た。

「はい。本人に問いただし証言は取ってあります。なんでしたらこの場に連れてきて、本人の口からお話しさせましょうか？」

「そ、それは……」

マクスは激しく動揺し言葉を濁《にご》らせる。そんなマクスを見てからデミトリア先生は、カイゼルに向かって頭を下げた。

「カイゼル王子、私の監督《かんとく》不行き届きで申し訳ありません。今後このようなことがないよう徹底的に指導してまいります」

「よろしくお願いしますね。ただ今回に関してはロンウェル伯を泳がせるためにも、あえてマクスの合格通知をそのままにするよう私が指示を出しました。不正をおこなった試験管はこちらで捕縛《ほばく》済みです。しかしそのためにシスランには、不合格の通知が行ってしまい申し訳なかったですが……」

「それはもういいと言っただろう。マクスを油断させるためにも俺に教えないよう徹底《てってい》していたんだから仕方ない」

（あ、もしかして養護施設から帰ってきた後にカイゼルがシスランを連れていったのって、

この話をするためだったのかも）

あの時のことを思い出し納得《なっとく》する。マクスも観念したのかその場で崩れ落ちた。

「ビクトル」

「はっ、二人を捕縛するように」

頷いたビクトルが待機していた騎士に声をかけ、あっという間に二人は捕縛されてしまう。もう二人は抵抗《ていこう》する気力もなくなっていたようだ。

「カイゼル……」

「セシリア、これでもう貴女は安全ですよ」

「もしかしてマリーさんと一緒にいることが多くなったのは、私のためだったのですか？」

「ええ。ロンウェル伯が養女のマリー嬢と私をくっつけるために、邪魔《じゃま》だと判断したセシリアの命を狙っていたからです。だから私はマリー嬢に気がある振りをし、セシリアを狙わせないようにしていました。今日の舞踏会のパートナーにマリー嬢を選んだのも、ロンウェル伯と息子《むすこ》のマクスを油断させて必ずこの舞踏会に出席させるためだったのです」

するとカイゼルが突然《とつぜん》顔を曇《くも》らせる。

「ただそのせいで貴女に辛《つら》い思いをさせていたと、シスランに叱《しか》られてしまいました。それにセシリア、貴女は私がマリー嬢にキスをしようとしたと思われているようですが、それは誤解です。あの時マリー嬢の顔に小さな虫が付いていたため、それを確認しようと少し顔を近づけたのです。しかしそれをマリー嬢が勘違いしあのような行動に……。すみません」

「い、いえ、そのような事情だったのですからお気になさらないでください。むしろ私のために色々動いてくださったようで、皆さん本当にありがとうございました」

私は皆の顔を見回して改めてお礼を言った。

「セシリアの可憐《かれん》な笑顔のためならなんだってするよ」

「僕だってそうだよ！」

「お礼など結構です。私が姫のためにしたかっただけですから」

「そうですわ！　わたくしなんて、セシリア様のためなら喜んで身を捧《ささ》げますもの！」

「気にするな。お前が安心して過ごせるように俺達が勝手にしていただけだ」

「私もヴェルヘルム陛下の命がなくとも、お手をお貸しいたしましたよ」

皆それぞれ言って笑顔を返してくれた。しかしそんな雰囲気《ふんいき》を打《う》ち壊《こわ》すようにマリーが大声をあげる。

「一体なんなのよこれは！」

マリーを見ると目をつり上げ激しく怒《おこ》っていた。そして私を見るとキッと睨《にら》みつけてくる。

「私が主役なの！　だって私は『天空の乙女《おとめ》』なのよ？　ゲームのヒロインだけが特別になれる巫女《みこ》なんだから！」

「いいえ、もう貴女は『天空の乙女』ではありません」

突然この場にいなかったはずのニーナの声が響き渡った。驚いてそちらを見ると、後ろに大勢の神官達を引き連れた法衣《ほうえ》姿のニーナが歩いてくる。そんなニーナにマリーは怪訝《けげん》な目を向ける。

「私が『天空の乙女』じゃないってどういうことよ？　というか負け犬前ヒロインは関係ないんだから黙《だま》っていてくれない？」

「……目に余るその言動と巫女の役割を放棄《ほうき》、さらにはセシリア様への暴言等もう見過ごすことはできません。大司祭達と話し合い、貴女から『天空の乙女』という地位を剝奪《はくだつ》することが決まりました」

「はあ⁉　私は神託《しんたく》で選ばれて『天空の乙女』になったのよ。あなた達がそんなこと勝手に決められるわけないじゃない！」

「いいえ、それができるのです。いくら神託で選ばれた方であっても、その方が『天空の乙女』に相応しくないと私達神殿の最高位者全員が認めれば、その資格を剝奪することができるのです。実際過去にも何人か同じように資格を剝奪された方がいらっしゃいます。だからマリーさん、貴女の『天空の乙女』の任を今この時をもって解きます」

ニーナは堂々とマリーに向かって宣言した。

「私が『天空の乙女』じゃない？　……あり得ない。だって私がヒロインなのに！」

マリーは叫ぶと私に鋭《するど》い視線を向ける。

「そもそもなんで悪役令嬢のセシリアが、ヒロインみたいな扱《あつか》いを受けているのよ！　絶対おかしいでしょ！」

「おかしいのはマリー嬢、貴女の方です。ずっとセシリアのことを悪役令嬢だと言っていますが、私からすればマリー嬢の方がよっぽど悪役令嬢ですよ」

「は？　私が悪役令嬢？」

カイゼルの言葉を聞き呆然《ぼうぜん》と呟《つぶや》く。しかしすぐに怒りをあらわにした。

「ヒロインと悪役令嬢の立場が入れ替わった？　そんなはずはない。私がヒロインなのよ！　こんなの私は絶対認めないいんだから！　リセット……そうリセットを要求するわ！　私がヒロインの世界にリセットしてよ！」

なりふり構わず叫び散らすマリーを、周りの人々は恐怖《きょうふ》におののき距離《きょり》を取りだす。私はそんなマリーを見て、ぎゅっと唇を引き結ぶと一歩前に進み出た。しかしその時、突如《とつじょ》私とマリーの間に黒い球体が現れた。

「え？　何これ？」

戸惑《とまど》いの声をあげたと同時にその球体から黒い蔦《つた》のようなものが飛び出し、私とマリーの体に巻きつく。

「なっ⁉」

そして凄い強さで一気に球体へ引き込まれてしまった。

「「きゃぁぁぁ！」」

「セシリア！」

球体に吸い込まれる瞬間、私を呼ぶカイゼルの声が聞こえたがそこで意識がぷつりと途《と》絶《だ》えてしまったのだった。

八　悠久の時をあなたと共に

カーテンの隙間《すきま》から光がうっすらと差し込む暗い部屋の中で、一人の少女がＶＲ機器を頭に被《かぶ》りぶつぶつとひとり言を呟《つぶや》いている。

「ふふ、ありがとう。私も愛しているわ」

少女はぼさぼさに伸《の》びた黒髪《くろかみ》と瘦《こ》けた頰《ほお》、背が高くやせ細った体をしていた。見るからに栄養状態がよくないのがわかる。だけど本人は全く気にする様子はなく、楽しそうにＶＲをプレイしていた。

（一体何が起こっているの？）

私は戸惑《とまど》いながら自分の体を見て透《す》けていることに驚《おどろ》く。するとその時、扉《とびら》がノックされそこから中に向かって女の人の声で話しかけられる。

「万里江《まりえ》、私とお父さんはこれから一週間出張に行ってくるから。それまでの食事代をリビングの机に置いておくから、好きに使いなさい」

それだけ言うと少女……万里江からの返事も聞かず立ち去ってしまった。

（え？　いやちょっと待って！　貴女《あなた》の娘《むすめ》がこんな状態なのに、中も確認《かくにん》しないで行っちゃうの⁉）

おそらく母親だと思われる人の行動に驚く。しかし万里江は聞こえていないのか、それともいつものことだからと気にも留《と》めていないのかゲームを続けていた。

ふと机の上に置かれたゲームのパッケージに目が行く。そこには見慣れたキャラ達とゲームのタイトルである『悠久《ゆうきゅう》の時を貴女と共に～ＶＲ版～』と書かれていた。

（……もしかしてこの子、マリーの前世？）

そう考えると同時に突如《とつじょ》テレビにゲーム画面が映し出された。そこには桜色のツインテールの髪《かみ》と翡翠《ひすい》色の瞳《ひとみ》をしたマリーとカイゼルが、幸せそうに笑い合っている姿があったのだ。私は慌《あわ》てて万里江の方を見ると、ＶＲ機器を外して机に置きテレビをじっと見つめながら笑《え》みを浮《う》かべている。

「ふふ、いつもカイゼルは私を愛してくれる。嬉《うれ》しいわ」

満足そうに微笑《ほほえ》む万里江と、部屋にある割れた姿見を見て胸が苦しくなった。

（万里江……そうか家族からの扱《あつか》いとさらに自分の容姿にコンプレックスを抱《いだ》いていたから、理想の姿であるマリーに転生してあんなに喜んでいたのね。そして暴走するほど皆《みんな》の愛を求めていたのも、こんな過去があったからか。だけど実際は……）

マリーに対する皆の態度を思い出し、なんとも言えない気持ちになる。

「さて、もう一回最初からやり……」

万里江がVR機器を取ろうと手を伸ばしそのまま床《ゆか》に倒《たお》れてしまう。

（万里江！）

思わず叫《さけ》ぶが、やはり万里江には私の声は届かず姿も見えていないようだった。

「あれ？　なんでだろう、体に力が入らない……それに……だんだんと意識が……」

朦朧《もうろう》としながら万里江は、テレビに映るマリーとカイゼルに向かって震《ふる》える手を伸ばす。

「あそこに、いるのは……私……私……なの……よ……」

そしてパタリと力なく手が床に落ち、そのまま万里江は目を閉じて息をしなくなってしまった。

（万里江！　……っこれがマリーの前世なの？　こんなの酷《ひど》すぎる！）

あまりの悲惨《ひさん》な最後に私は涙《なみだ》が溢《あふ》れ、顔を手で覆《おお》った。するとそんな私の耳に、突如街の喧騒《けんそう》が聞こえ驚いて顔を上げる。

「……え？」

そこには建ち並ぶビル、車の行《い》き交《か》う音。アスファルトの上を忙《せわ》しなく歩く人々。遠い昔に見慣れていた光景が目の前に広がっていた。私は自分の体を見て、完全に実体化していることに気がつく。

「なんなのこれは？」

全く理解できず戸惑っていると、ふと手にスマホを持っていることに気がつき画面を見る。そこには大好きな乙女《おとめ》ゲームの待ち受け画像が映っていた。

「この状況《じょうきょう》って……」

困惑《こんわく》している私の耳に激しく鳴《な》り響《ひび》くクラクションの音が聞こえ慌てて前を見る。するとそこには赤信号の横断歩道に小さな男の子が佇《たたず》んでいた。

「やっぱりこれ、私が死んだ時と同じ状況だ！　ということは……」

横を見るとその男の子に向かって、ブレーキ音を響かせながらトラックが近づいてきているのが見える。

「もしかしてここで動かなければ、私は死なないで済む？」

そんな考えが一瞬《いっしゅん》頭をよぎったが、体はすでに動きだしていた。スマホを投げ捨て男の子に向かって駆《か》け出《だ》す。そしてその小さな体を押し飛ばしたと同時に体に衝撃《しょうげき》が走り、宙に投げ出されてしまった。

（……私には……助けない……！という選択肢《せんたくし》は……できないわね……）

自嘲《じちょう》気味に笑いながら地面に叩《たた》きつけられ、そこで意識が途絶《とだ》えてしまったのだ。

『……やはり結果は同じか』

そこに存在しない何かがそう呟いたのだった。

「ん、ん〜」

私は身動《みじろ》ぎながら目を覚まし、ボーッとした頭を押さえ体を起こす。

「ここは？」

周りを見回すがどこを見ても暗黒の世界が続いていた。

「私は……生きているよね。それじゃあさっきまでの出来事は全部夢？　でもいやに生々しかった。正直思い出したくないほどに」

頭を振《ふ》り気持ちを切《き》り替《か》える。

「そもそも私はどうしてここに？　……あ、確か黒い球体に吸い込まれたんだ！　じゃあマリーはどこに⁉」

一緒《いっしょ》に吸い込まれたマリーの姿を捜《さが》して辺りをキョロキョロ見回すと、少し離《はな》れた場所に誰《だれ》かが倒れているのが見えた。

「マリー！」

私は慌てて駆け寄《よ》り、胸に耳を当てて鼓動《こどう》を確認する。

「……生きている」

さっきまでマリーの前世の夢を見ていたせいで、倒れているマリーと万里江が重なってしまっていたのだ。私はホッと息を吐《は》くとマリーの頬を軽く叩き声をかける。

「マリー！」

「ん、う〜ん……」

マリーは眉間《みけん》に皺《しわ》を寄せながらゆっくりと目を開ける。もう呼び捨てにしているけど気にしないことにした。

「よかった目が覚めて。何か体に不調はない？」

「特にないけど……というかここはどこ？」

立ち上がったマリーは周りを見て問いかけてくる。

「私もよくわからないけど、おそらくあの黒い球体の中だと思うわ」

「そもそもあれはなんなの？　あんなのゲームでは出てこなかったんだけど！」

「私もプレイしていた時、一度も見たことないわ」

「……え、もしかしてあなた」

私の言葉を聞き、マリーは驚いた表情を向けてきた。

「ええ、マリーの予想通り私も転生者よ。それも『悠久の時を貴女と共に』を全クリするほどやり込んでいたわ。ただしマリーがやっていたというVRバージョンが出る前に死んでしまったけど」

苦笑いを浮かべるとマリーは目をつり上げる。

「さぞ私の行動は滑稽《こっけい》に見えていたんでしょうね！　プレイ経験を生かして、すでに全攻《こう》略《りゃく》対象者を落とし終えていたんだから！」

「そんなことは」

「うるさい！　なんで私はこんな負け確定の世界に転生させられたのよ！」

すると何もないこの暗黒の空間に、どこからともなく機械的な音声が響き渡《わた》った。

『システム修復不能、システム修復不能。コレヨリ不安分子ヲ隔離《かくり》シ、強制復旧作業ニ入ル』

「え？　何？」

マリーは突然《とつぜん》のことに困惑しオロオロと辺りを見回す。

「もしかしてこれは……ゲームシステム？」

私も戸惑いながらマリーと同じように周りを見てその音の発生源を探した。その間も機械的な音声は同じことを繰《く》り返《かえ》すばかり。そこでふとある疑問が湧《わ》き、何も見えない空間に向かって叫んだ。

「あなたは本当にゲームシステムなの？」

『……』

「本当にそうだったら、もっと早くにその強制復旧作業ができたはずでしょ？　でもどうしてしなかったの？』」

『……回答不能、回答、不、能……ビィィィ』

「っ！」

壊《こわ》れてしまったかのように甲高《りんだか》い音が鳴り響き、私とマリーは顔をしかめて手で耳をふさいだ。しかしすぐにその音も消え再び静寂《せいじゃく》が訪《おとず》れる。だけど――。

『くく、面白《おもしろ》い。実に面白いなそなたは』

「誰？」

今度は機械音ではなく、まるで人間のように流暢《りゅうちょう》にしゃべる声が聞こえてきた。私は怪訝《けげん》な表情で見えない誰かに問いかけると、眩《まぶ》しい光が突如現れ輝《かがや》きだす。私は思わず目を瞑《つぶ》り腕《うで》で光を遮《さえぎ》っていたが、緩《ゆる》んできたことに気がつきゆっくりと腕をおろして目を開ける。そしてそこにいる存在に目を見開いて驚いた。

（なんて綺麗《きれい》なの！）

そこには真っ白な布をゆったりと体に纏《まと》い、足元まで伸びている輝くばかりの白金《プラチナ》の髪が風もないのにゆらゆらと揺《ゆ》れ、端正《たんせい》な顔立ちに白金の瞳をしたとても神々《こうごう》しい人がいたからだ。見た目は三十代後半ぐらいに見えるがきっと違《ちが》うだろうと私でもわかる。全身が白い光に輝いて宙に浮いている人外の存在に私はたじろいでしまった。

「貴方《あなた》は……」

『我か？　我はそなた達からしたら神という存在だな』

「神⁉」

『そう我が名はラース。この世界を創造した者だ』

「この世界を創造って……」

『その言葉の通りだ。お前達が乙女ゲームの世界だと信じているここは我が創造した』

ラースと名乗った神は、宙に浮いたまま椅子《いす》に座るような体勢で足を組んだ。

「一体どうして？」

『まあ簡単に言えばそなたに興味が湧いたからだ。神崎真里子《かんざきまりこ》いや今はセシリアだったな』

「私に？」

意味がわからず首を傾《かし》げる。

『わからないのも当然だろうな。そなたは前世で子どもを助け死の淵《ふち》にいたのに、死ぬ間際《まぎわ》まで乙女ゲームというものを気にしていた。そんなそなたのことが我の目に留まったのだ』

「どうして大勢いる中で私を？」

『正直我にも理由はわからぬが、何故《なぜ》かそなたの存在が目を引いた。おそらくそなたの魂《たましい》に惹《ひ》かれたのだろう。稀《まれ》にそのような人間が現れるからな』

私を見ながらラースはニヤリと笑う。

『さて話を戻《もど》そうか。我はそなたを見てあることを思いつき、この乙女ゲームに似た世界を創り上げた。そしてそなたをこの世界に転生させたのだ。セシリアとしてな』

「……何故そのようなことを!?」

なんだか嫌《いや》な予感を覚えながらも聞かないわけにはいかなかった。

『くく、それは暇潰《ひまつぶ》しのためだ』

「……」

『我は悠久の時をずっと生きていてな。正直暇《ひま》だった。だからそなたを悪役令嬢《あくやくれいじょう》という存在に転生させ前世の記憶《きおく》を残しておけば、どのような反応を示すのか見てみたいと思ったのだ。結果としてとても面白いものが見られた。感謝するぞ』

ニヤニヤと笑うラースを見て、私は目を据《す》わらせる。

「それはどうも。……そうか今まで何度死亡フラグを折ろうとしても折れなかったのは、全部貴方のせいだったのね!」

『ふっ』

ただ笑みを深くするラースを見て、私の答えが正しいものだと確信した。

「あ、それじゃあさっき見た夢って」

『ああれも我がそなたに見せた。どのような行動を取るのか見てみたいと思ったのでな』

「じゃあマリーの……」

『そなたの考えている通り、実際起こったことだ』

万里江の最後を思い出し眉《まゆ》をひそめる。

「それじゃあマリーもそんな理由で転生させられたの？」

『まあそうだとも言えるな。そなたがさらにどうするのか見てみたいと思い、この乙女ゲームに思い入れの強かった者をあらかじめ見つけておいた。それがマリーだ。そのマリーに前世の記憶を甦《よみがえ》らせ、第二のヒロインとして投入したのだ』

「はあ⁉　それじゃ完全に私は当て馬として転生させられたってことじゃない！」

今まで黙《だま》っていたマリーが怒《いか》りをあらわにしてラースに怒鳴《どな》る。だけどラースは全く悪びれる様子は見せなかった。

『そうなるな』

「いくら神だからって人を弄《もてあそ》んでいいと思っているの！」

『ふむではそなたには、展開を面白くしてくれた礼に何か望みを叶《かな》えてやろう』

「え？」

『なんでも言っていいぞ。我なら大抵《たいてい》のことは叶えてやれるからな。まあさすがに前世に生き返らすのは無理だが』

「そんなの絶対願わないわ！　だって背高のっぽで不細工で根暗なあんな自分に戻るなんて二度とごめんだもの！」

その言葉を聞きマリーの前世である万里江を思い出して、相当コンプレックスだったのだと改めて思った。マリーは難しい顔で考え、一度頷《うなず》くとラースに向かって話しだす。

「だったら今度こそ私がヒロインの世界に行かせて」

『ほ～それはここと同じ登場人物が居る世界がいいのか？』

「いいえ、全く別にして。だって散々あんな扱いを受けた後なのに、たとえ別人であっても同じ顔の人に愛を囁《ささや》かれたってときめかないもの。今度の世界では私が作り上げたこの愛着のあるマリーで、皆に愛されたいのよ！」

『ふむいいだろう。そなたの願いを叶えてやろう。ただしそなたの行動次第《しだい》では、結果がどうなるかわからぬ世界だがそれでもよいか？』

「構わないわ」

『よかろう』

ラースがスッと右手をあげると、何もない空間に光の扉が現れた。そしてゆっくりとその扉が開くと、その中からは眩《まはゆ》いばかりの光が溢れ出し先が見えない。マリーはじっとその扉を見つめ大きく深呼吸をすると、一歩足を踏《ふ》み出した。

「待ってマリー！」

私は慌ててその腕を掴《つか》み引き留める。そんな私にマリーは不機嫌《ふきげん》そうな顔を向けてきた。

「まだ私の邪魔《じゃま》をするつもりなの？」

「いいえ。マリーが望んでいるのなら私に止める権利はないわ」

「だったら離してよ」

「行く前にどうしても聞いて欲しいことがあるの」

「……何？」

私の方に体を向け話を聞く体勢を取ってくれた。そのことにホッとしながらマリーの腕を離す。

「私はマリーにも幸せになって欲しいと思っているの。だからこそ次の世界に行ってもこれだけは覚えていて。私達が生きている世界はゲームに似て非なる世界。そこに生きている人々はモブでもゲームのキャラでもなく、それぞれに人生があり自分で考え行動して生活しているの。自分だけが特別な存在だと思わないでね。皆が主人公なんだもの。だからこそマリーも、もうゲームとかヒロインとかそんなものに囚《とら》われては駄目《だめ》よ。せっかく生まれ変われたのだから、ただのマリーとして心から愛する人を見つけて愛し合い幸せな人生を歩《ほ》んで欲しいの。大丈夫《だいじょうぶ》、マリーならきっとそれができると信じているわ」

にっこりと微笑んでみせてあげた。

「……あなたなんでそんなこと言うの？」

「え？」

「だって私、散々あなたに嫌な思いをさせてきたのよ？　それなのにどうしてそんな風に言うの？」

私のことが信じられないといった様子で見てきた。そんなマリーに苦笑いを浮かべる。

「マリーはもう一人の私だから」

「え？」

「もし私が死亡エンドの待つ悪役令嬢《セシリア》ではなく、マリーのようなヒロインに転生していたらきっと嬉しさで同じように暴走していたかもしれないから。だから私にはマリーの行動全てを否定することができないの。それにマリーの前……いいえ、なんでもないわ」

多分マリーには万里江のことを言わない方がいいと思った。そのマリーは私の言葉を聞き驚いた顔で見てくる。しかし何故かフッと笑いだす。

「もしあなたがヒロインだったとしても、絶対私と同じにならないわ。そう断言してあげる」

「マリー……」

私が嬉しそうにすると、マリーは顔をツンと逸らした。

「まあでもあなたの忠告は考えといてあげるわ」

そんなマリーの様子にクスクスと笑っていると、少し赤らめた顔のまま私の方を向いて話しかけてくる。

「そうそうあなた死亡エンドを気にしているみたいだから教えてあげる。少なくとも私のプレイしていたVRバージョンでのセシリアは最後死なないから」

「え？」

「確かに元のゲームではそうだったけど、さすがに処刑《しょけい》はやりすぎでは？　という声が多くてね、変更《へんこう》になったのよ。VRバージョンでは身分剥奪《はくだつ》と国外追放のエンドだけになっていたわ。ラース、今この世界はどっちを元に作られているの？」

ラースの方に顔を向け問いかける。

『そなたがヒロインになった時点で、VRバージョンを元にした世界に切り替わっている』

「だそうよ。よかったわね。じゃあそろそろ行くわ」

「マリー！　教えてくれてありがとう。幸せになってね！」

「あなたに言われなくてもそうするわ。今度こそ絶対幸せになってみせるんだから！」

晴々としたとてもいい笑顔《えがお》でマリーは扉をくぐっていった。そして静かに扉が閉まり音もなく消えてしまったのだった。

「マリー頑張《がんば》ってね」

何もない真っ暗な空間に向かってぽそりと呟く。そんな私の耳に声を押し殺して笑うラースの声が聞こえた。

「ラース……まさかマリーの向かった先に何かしているの？」

『いや何もしていないぞ。心配しなくともちゃんとあの娘が望んだ世界になっている。後はあの娘次第だ』

「それならいいけど」

『しかしそなたはやはり面白いな。こんな状況でも他人の心配ばかりしているとは。もしやそなたをそばにおけば、退屈《たいくつ》しないで済むのではないか？』

「は？　絶対嫌よ！　そもそも私怒《おこ》っているんだからね。神だかなんだか知らないけど、気まぐれで転生させられたんだから。まあでもそのおかげでカイゼル達に会うことはできたんだし、それに関しては感謝しているけど」

何故か私の言葉を聞き、ラースは目を見開いて固まってしまう。しかしすぐに今度はお腹《なか》を抱《かか》えて笑いだした。

「な、何？」

『くくく、この状況で我に感謝するとはな。はぁ～ここまで笑ったのは何百年ぶりだろう。やはりそなたが気に入った。そなたを我のそばに置くことに決めたぞ』

「だからそれは嫌だって……」

『この世界を創ったのは誰だったのか忘れたのか？』

「え？」

『我の一存でどうとでもなるのだぞ？　例えば跡形《あとかた》もなく消し去ることもな』

「なっ⁉」

『どうする？　我は無理にそなたを連れていくこともできるのだぞ？　だがそなたの意思を尊重して選ばせてやろうというのだ。好きに選べ』

そう言ってラースは私に手を差しのべてきた。

「好きに選べって、ほとんど選択肢がひとつしかないじゃない！　それも完全に脅《おど》しだし」

目を据わらせてラースを睨《にら》むが、全く気にする様子はなかった。むしろ楽しそうにニヤニヤしている。

（……おそらく冗談《じょうだん》じゃない。私が一緒に行くと言わなかったら、本当にこの世界を消すつもりだ。そうなったらカイゼル達は……）

目を瞑りカイゼル達と過ごした日々を思い出す。そしてカイゼルに結婚《けっこん》の申し込みをされた場面が頭に浮かび、胸がズキンと痛んだ。

（カイゼルに求婚《きゅうこん》の返事できなかったな……）

痛む胸を押さえながら目を開け真剣《しんけん》な顔でラースに問いかけた。

「本当に私が一緒に行けば、この世界を消さないでいてくれるの？」

『ああもちろんだ。約束しよう』

「そう……」

私は大きく深呼吸をすると、覚悟《かくご》を決めて手を前に差し出した。

「わかった、一緒に行くわ」

そうしてラースの手を取ろうと前に進み出したその時――。

「セシリア！」

「え？」

まさかこの場所で聞こえるはずもないカイゼルの声が聞こえ、驚いて振り向こうとして後ろから強く抱きしめられたのだ。

『ほ～広大なこの暗黒世界でセシリアを見つけるとは。これが想《おも》いの力か』

何故か楽しそうにラースは私達を見て笑っていた。

「カイゼル⁉　どうしてここにいるのですか？」

戸惑いながら問いかけると、カイゼルは体を離し私を見つめる。

「前に言いましたよね。貴女がどこにいても私が必ず見つけますと」

私は嬉しさに涙が込み上げてきた。

「こんなところにまで本当に見つけに来てくださったのですね」

「当然です。愛《いと》しい貴女を決して一人になどさせませんよ」

「カイゼル……」

私はカイゼルの胸に顔を埋《うず》める。

「本当はしばらくこうしていたいのですが、そういうわけにもいきませんね」

カイゼルは私を包み込むように抱きしめラースに顔を向ける。

「何をするつもりですか⁉」

「ただ少し神とお話しをするだけですよ」

「神って……何故カイゼルがそのことを？」

「どうやら神のいたずらで、姿は見えないのにセシリア達の会話だけが聞こえ私の声は届かないようにされていたのです」

「え？」

「ですからマリー嬢《じょう》がどうなったのかも、貴女が私達のために神の要求に応えようとしていたことも全て知っています。だから私に任せてください。必ず貴女を守ってみせますから」

安心させるようににっこりと微笑まれた。

「さて貴方がラース様ですね。確かにそのお姿、一目見ただけでただの人ではないことはわかります」

『それでそなたはこの状況をどうするつもりだ？　その腰《こし》の剣《けん》を我に向けて戦うのか？

無駄《むだ》なことだがな』

「いいえ、お話しをするだけです」

『ほう。まあ聞いてやろう』

ラース様は楽しそうにしながら足を組《く》み換《か》えて聞く体勢を取る。

「ラース様、貴方は暇だからこの世界を創りそして楽しそうだからという理由でセシリアをそばに置こうとしましたよね？」

『ああそうだが？』

「ではそれよりももっと面白いことがあるなら、セシリアを連れていかなくてもいいはずですよね？」

『あればな』

「そもそも私は愛するセシリアを、たとえ神であっても渡すつもりはありません。もうセシリアがそばにいない人生など考えられないからです」

「カイゼル……」

カイゼルは真剣な表情で私を抱く手に力を込めた。

「だからこそラース様には、これからの私達を見て楽しんでいただこうと思ったのです。私がセシリアの人生を楽しいものにしてみせますから。そうすればラース様も、飽《あ》きることなどないはずです。だってラース様はセシリアが見ていて飽きない存在だと知っていますから。幸せそうなセシリアを見るのは、きっと数倍楽しいものになりますよ。……ですが本当は、ラース様に限らず誰にも愛しいセシリアを見せたくないのが本音なのです。私の腕の中で毎日愛を囁き、ドロドロに甘やかしてその瞳に私だけを映していて欲しいといつも思っているのですよ」

私はその言葉を聞き顔が熱くなった。

（カイゼル、そんなことを思っていたの⁉）

するとそんな私を見てカイゼルはふわりと微笑み、チュッと音を立てて額にキスをしてきたのだ。

「っ！」

その瞬間《しゅんかん》、私の顔は火を吹《ふ》くほどさらに熱くなったのだ。カイゼルは嬉しそうに笑い、再びラースの方に顔を向ける。

「まあでも仕方ないですから、こんなに可愛《かわい》らしいセシリアをラース様にも見せつけてあげますよ」

そう言ってカイゼルはにっこりと黒い似非《えせ》スマイルを浮かべた。二人は無言で見つめ合い、そしてラースがフッと笑みをこぼす。

『くく、確かにそなたの言う通りだな。我のそばにいるよりセシリアは、そなたと共にいる方が楽しませてくれそうだ』

「わかっていただきありがとうございます」

まだドキドキとしながらも二人の会話を聞き、なんだか複雑な心境になる。

(なんだろう、私をおもちゃか見世物と言われているような気分なんだけど……)

そんな私に気がついたのか、ラースがニヤリと笑った。

『やはり人間は面白いな。よかろう、そなたの提案を受け入れるとしよう』

「ありがとうございます」

『セシリア、せいぜい我を楽しませてくれよ』

「……楽しませている自覚はないけど、退屈させないように頑張ります」

『くくく、ではそろそろそなた達を元の場所に戻してやるとしようか』

ラースはそう言うと右手をあげる。すると一瞬にして真っ暗な空間が消え去った。そして私達は舞踏会《ぶとうかい》が開かれていた広間に戻る。しかし何故か皆私達を見て驚いた顔で固まっていた。

「どうしたのでしょう？」

「おそらくあれは……」

カイゼルが何か答えようとした時、ニーナと神官達が一斉《いっせい》に床に伏《ふ》せた。その光景にぎょっとしていると、ニーナが恭《うやうや》しく見上げながら呟いてきた。

「天空の女神《めがみ》様」

「女神様？」

意味がわからず首を傾げていると、カイゼルが耳元に顔を寄せて話しかけてきた。

「セシリア、後ろを見てください」

「後ろ？」

言われるがまま後ろを振り返ると、そこにはふよふよと宙に浮いたままのラースがいたのだ。

「なっ⁉　ちょっとラース、空間を消したと同時に戻ったんじゃないの？」

小声で抗議《こうぎ》するが、ラースは何食わぬ顔で話しだした。

『我はひとことも戻るとは言っておらぬぞ。それに少し我にもすることがあるからな。それが済めば戻るから心配するな』

「することって何よ」

怪訝な眼差《まなざ》しを向けるが、相変わらず笑みを浮かべたまま答えようとはしてくれなかった。するとニーナが恐《おそ》る恐る問いかけてくる。

「セシリア様、あの……天空の女神様とはどういったご関係なのでしょう？」

「天空の女神？　もしかしてラースのことを言っているのですか？　まあ……ただの知り合いですが」

「ラース様とおっしゃるのですね。神々しいお姿に相応《ふさわ》しいお名前です。そしてそのラース様とお知り合いだなんて、セシリア様さすがです！」

ラースを見ながらニーナが感動にうち震え、他の神官達も目をキラキラさせて見つめていた。

「……ねえラース、貴方って男性なの？　女性なの？」

『我はどちらでもありどちらでもない。神だからな。だがセシリアが望むなら男神《おがみ》でも女神でもどちらにでもなれるぞ』

「いえ、結構よ」

呆《あき》れながらラースから視線を戻す。

（確かに言われてみれば、各地に祀《まつ》られている女神像ってどこかラースに似ているかも。だからニーナ達があんな反応になったんだね）

納得《なっとく》しながらも私を見てくる皆の目に嫌な予感を覚える。するとを見計らったかのようにラースがふわりと私のすぐ後ろに移動し、広間中に聞こえる声で話しだした。

『我は創造神ラース、この世界を創りし者。我がこの地に降り立ったのには訳がある』

ラースはそこまで言うと、私の肩《かた》に手を置き――。

『セシリア・デ・ハインツ、この者は我の『愛し子』だ。もし害をなすようなら相応の罰《ばつ》がくだることを覚悟するように』

その言葉と共に私の頭に何かが触《ふ》れたような気がした。

「ちょっとラース！　何を言い……」

慌ててラースの方を振り返るが、不敵な笑みを浮かべたままスーッと消えてしまった。

恐る恐る視線を戻すと、案の定皆の私を見る目が尊敬や憧《あこが》れ、畏怖《いふ》など様々なものに変わってしまっていたのだ。さらに隣《となり》にいるカイゼルからは――。

「私に見せつけるようにキスをするとは……」

どうやら先程《さきほど》頭に感じたものは、ラースの唇《くちびる》だったのだとわかった。だけどそれよりもカイゼルから漂《ただよ》うどす黒いオーラの気配に、私は顔を向けることができなかった。

（あんの馬鹿神！　絶対面白がって爆弾《ばくだん》発言していったんでしょ!!）

心の中で罵倒《ばとう》すると、どこからかラースの笑い声が聞こえてきたかのように感じたのだった。

ラースの発言で一時は騒然《そうぜん》としたが、カイゼルによってなんとか皆落ち着きを取り戻した。まあ興奮さめやらず私を聖女様だと言い騒《さわ》ぎだした神官達は、強制退場させられたが。

「セシリア、無事でよかった」

「アルフェルド皇子、ご心配をおかけいたしました」

優《やさ》しく微笑んでくるアルフェルド皇子に頭を下げた。

「セシリア姉様、どこか怪我《けが》とかしていない？」

「レオン王子、大丈夫ですよ」

心配そうに見上げてくるレオン王子ににっこりと微笑みかける。

「セシリア様が戻られなかったらと生きた心地《ここち》がいたしませんでしたわ」

「レイティア様、こうして無事に戻ってきましたので安心してください」

泣きそうな顔のレイティア様にハンカチを手渡《てわた》してあげた。

「姫《ひめ》を守れず、一生の不覚です」

「ビクトル、あの場合は仕方ないですよ。だから気にしないでください」

辛《つら》そうな顔のビクトルを励《はげ》ましてあげる。

「セシリア様……あの中で何があったのかはわかりませんが、きっとラース様が守ってくださったのですね」

「えっとニーナ、守られたというか……いえ、なんでもありません」

ニーナの夢を壊してはいけないと真実を言わないことに決めた。

「ご無事で本当によかったです。ヴェルヘルム陛下にも安心してご報告ができます」

「ノエル、できれば『愛し子』の部分は内緒《ないしょ》にしていただけると……あ、無理ですね」

有無《うむ》を言わせないにこにこ笑顔のノエルを見て諦《あきら》めた。

「お前、とうとう神まで落としたのか」

「とうとうって何よ！　それに落としてなんかいないから！」

呆れた顔のシスランに目をつり上げて抗議した。

「とりあえずセシリアが無事で、皆本当に安心しているんですよ」

私の隣でにっこりと微笑むカイゼルに、私は改めてお礼を言うことにした。

「カイゼル、助けに来てくださってありがとうございます」

「いえ、当然のことをしたまでです。しかし疑問に思っていたのですが、私の他には誰も球体に入らなかったのですね。ビクトルなら絶対に追いかけてくると思っていたのですが」

「本当は私も姫を助けに入りたかったのです。ですが姫が吸い込まれいち早くカイゼル王子が入られた後、どうやっても誰も入ることができませんでした。だから皆、カイゼル王子を信じ待ち続けていたのです」

「そうなのですね」

ビクトルの話を聞きカイゼルは納得する。どうやらラースが、わざとカイゼル以外を入れないようにしたようだ。

「そういえばマリーの姿が見えませんが、一緒に戻られたのではないのですか？」

ニーナの問いかけに私とカイゼルは目を合わせる。そして私は頷くと話しだした。

「マリーは自分のおこないを反省し、ラースのもとで一から修行《しゅぎょう》することになりました。きっとマリーは正しい方向へ変わってくれますよ。私はそう信じています」

ある意味間違《まちが》ったことは言っていない。あのマリーなら新しい世界できっと上手《うま》く生きていけるだろう。

「これで全て終わりましたね。皆さん色々と私のために動いてくださり、ありがとうございました」

私は皆に向かってお礼を言った。しかしシスランが呆れた様子で話しかけてくる。

「まだ終わっていないだろう」

「え？」

「いつまで待たせるつもりだ？」

シスランはそう言って、カイゼルの方を目で示してきた。その意味に気がつきあっと声をあげる。

（そうよね。せっかくこの世界に戻ってこられたのだから、ちゃんと答えを返さないと）

私は姿勢を正しカイゼルに向き合った。すると他の皆が私達から少し離れ黙って見守ってくれることに。私は小さく深呼吸をすると意を決して口を開いた。

「カイゼル、お待たせしてしまい申し訳ございません。貴方からの求婚のご返事、今ここでさせていただきます」

カイゼルは頷くと真剣な表情でじっと私を見つめてきた。私はスカートの裾《すそ》を摑んで軽く持ち上げ腰を落とす。

「私セシリア・デ・ハインツはカイゼル・ロン・ベイゼルムからの求婚を快くお受けいたします。……カイゼル、貴方のことが大好きです」

にっこりと微笑むと、カイゼルが嬉しそうな顔で私を抱きしめてきた。

「私もセシリアのことが大好きですよ。必ず貴女を幸せにすると誓《ちか》います」

「私もカイゼルのことを絶対幸せにしてあげますね」

私達が笑い合うと、広間中に割れんばかりの歓声《かんせい》と拍手《はくしゅ》が巻き起こる。驚いて周りを見ると広間にいた人々が私達を祝福してくれていた。それはシスラン達も同じで複雑そうな表情はしていたが、手を叩き私達を祝ってくれた。

「皆さん、ありがとうございます」

私は嬉しさに涙が出るのを我慢《がまん》しながら、改めて皆にお礼を言ったのだった。

断罪イベントから半年が経過し、その間に色々なことが起こった。

まず投獄《とうごく》されたロンウェル伯爵《はくしゃく》とその息子《むすこ》のマクスは、身分剝奪と全財産没収《ぼっしゅう》を受け辺境の地で幽閉《ゆうへい》されることが決まった。ただロンウェル伯爵はランドリック帝国《ていこく》での処罰《しょばつ》もあるため、現在この国にいない。マクスだけが一足先に辺境の地へ送られた。さらにロンウェル伯爵の悪事に加担していた者も、それぞれ処罰を受けることになったのだ。

そして不正な採用試験のせいで一度は不合格になったシスランだが、再度試験を受け直し今度こそ合格をもらえた。今は王宮学術研究省に入るための準備をしているようだが、同時に街で誰でも通うことができる学校を作ろうと動いているようだ。

私が知らないと思っているので、カイゼルと相談して陰《かげ》ながら支援《しえん》することにした。まああのシスランのことだからすぐにバレて怒ってくるだろうけど、その時は堂々と手助けを申し出ようと思っている。

ちなみに各地にある天空の女神像が新しく作り直されることになった。よりラースに似せさらに中性的な体格へ変更になるらしい。その際、何故か私の像も一緒に作る話が出たので全力で阻止《そし》した。意味がわからない……。

『天空の女神』という名称《めいしょう》は皆に浸透《しんとう》していることから、呼び方はそのままで『天空の女神ラース』と付け加えられることが神殿《しんでん》から発表されたのだった。

そしてカイゼルには改めて私が転生者で、この世界が前世の私が大好きだった乙女ゲームという世界に似せてラースが創ったことを説明する。するとあのラースの空間で聞いていたこともあり、すんなり受け入れてくれた。さらに私を好きだという気持ちは作られたものではなく、紛《まぎ》れもないカイゼル自身のものだと断言してくれたのだった。

そうして様々な問題も解決され、今日私はカイゼルと結婚式《けっこんしき》を挙げる。

私は神殿の控《ひか》え室《しつ》で椅子に座りながら窓の外を眺《なが》めていた。すると扉がノックされそこからいつものメンバーが部屋に入ってくる。

「うわぁ〜！　セシリア様のウエディングドレス姿とても素敵《すてき》です！」

感嘆《かんたん》のため息をこぼしながら、うっとりした様子でレイティア様が私を見てきた。

「ありがとうございます」

「本当に美しい。このまま攫《さら》っていきたいほどだよ」

アルフェルド皇子が魅惑《みわく》的に微笑み、私の頰に触れようとしてくる。それを手で止めながらにっこりと笑みを向けた。

「花嫁《はなよめ》に気軽に触れては駄目ですよ」

「そうだよ！　セシリア姉様に触れていいのは、本当の家族になる僕だけなんだから」

頰を膨《ふく》らませて私に抱きつこうとしてくるレオン王子を、私は手を伸ばして制した。

「レオン王子はもう子どもではないのですから、この機会に義姉離《あねばな》れしてくださいね」

「姫、本当にお美しいです。……やはり次の団長候補を早く育てあげなければ。それからでないと姫の近衛騎士《このえきし》に志願することができないのです」

顔を曇《くも》らせてしまったビクトルに苦笑いを向ける。

「きっとビクトルなら、素晴《すば》らしい後継者《こうけい》を育ててくださると信じていますよ。私はいつまでも待っていますので、焦《あせ》らずゆっくりと頑張ってくださいね」

「……相変わらずお前の周りは騒がしいな」

呆れながらもシスランが近づいてくる。

「べつに好きでこんな状態になっているわけじゃないんだけどね」

「でも嫌《きら》いじゃないんだろう？」

「まあね」

「セシリア、結婚おめでとう。幸せになれよ」

「もちろんよ！」

そうして皆が部屋から出ていくと、今度はヴェルヘルムとアンジェリカ姫が部屋に入ってきた。

「ほ～これは美しい花嫁だ。さすが『神の愛し子』なだけあるな」

「……それは言わないでください」

ヴェルヘルムに胡乱《うろん》げな眼差しを向ける。

「くく、やはりカイゼル王子にはもったいない。どうだ？　今からでも俺に変えていいんだぞ？」

ニヤリと笑いながらヴェルヘルムが私に言ってきた。

「変えませんよ。だって私はカイゼルの花嫁になりたいのですから」

「それは残念だ。だが結婚した後でも気が変わったなら、いつでも俺のもとに来ていいからな」

「そんなこと絶対ありません」

「あ〜あ、わたくしとしてはお兄様と結婚してくださる方がよかったのに」

「アンジェリカ姫……」

不満げな様子のアンジェリカ姫に苦笑いを向けた。

「だって本当にセシリアお姉様が、わたくしのお義姉様《ねえさま》になってくださるのを心待ちしていたのよ」

「期待に添《そ》えなくてごめんなさい。ですがヴェルヘルムと結婚しなくても、アンジェリカ姫を妹みたいに思っていることには変わりありませんよ。だからいつでも遊びに来てくださいね」

「セシリアお姉様！　大好きですわ！」

大喜びではしゃぐアンジェリカ姫の向こうで、いつものにこにこ顔で立っているノエルが見えた。するとその視線に気がついたノエルが、胸に手を当て軽く頭を下げる。

「セシリア様、この度《たび》はご結婚おめでとうございます」

「ありがとうございます」

「もしカイゼル王子の浮気《うわき》調査等何か秘密を探《さぐ》りたくなりましたら、いつでもお声をおかけくださいね」

「そんな必要一生ないと思います」

「ふふ、そうだといいですね」

そうしてヴェルヘルム達も出ていき、今度はお父様達が部屋に入ってきた。

「セシリア！　なんて美しいんだ！」

「お、お兄様苦しいです！」

入ってくるなりお兄様に抱きしめられ唸《うな》る。

「ああいつかはこんな日がくるかもと思っていたけど、まさかこんなに早いとは……セシリア、なんだったら結婚やめないか？」

「え？」

「カイゼル王子と結婚しても王太子妃としての責務がセシリアを苦しめるかもしれない。だったら結婚などせずにずっと公爵家《こうしゃくけ》にいればいいよ」

私を抱きしめる力が強くなった。

「お兄様……心配してくださりありがとうございます。ですが大変になるとわかっていてもカイゼルと結婚すると自分の意思で決めました。これからはカイゼルと共に支え合っていこうと思っています」

「セシリア……」

「だからお兄様もご自分の幸せを一番に考えてくださいね」

安心させるようににっこりと笑ってみせた。

「そうだぞロベルト。お前はセシリアが心配だからとなかなか結婚をしようとはしなかったが、そろそろ次期公爵家当主として自覚を持ちずっと待っていてくれている婚約者《こんやくしゃ》との将来を考えないか」

「そう、ですね。私もいい加減妹離れしないといけないですね」

少し寂《さび》しそうにしながらもお兄様はお父様に頷く。

(うん、内容的にはとても嬉しいことなんだけど……いつまでこの体勢でいないといけないんだろう)

妹離れすると言いながらも、お兄様は全く私を離してくれなかった。するとお母様がポンと手を叩いて二人の注目を集める。

「ほらほらそういうお話は、セシリアを離して別の場所でしましょうね。そのままではせっかくのドレスが皺になってしまうわ」

「あ、セシリアごめん」

「いいえ。これぐらい大丈夫ですよ」

お兄様が離れると素早《すばや》くダリアがドレスを直してくれた。そうしてお父様達も部屋から出ていくと、とうとう式が始まる時間がやってきた。

私は控え室から式典の間に移動する。扉の前には先程別れたばかりのお父様が立ち私を迎《むか》えてくれた。

「娘が幸せになるのは嬉しいことだけど、やはり寂しいものだね」

「お父様……今まで大事に育ててくださりありがとうございました」

姿勢を正し頭を下げてお礼を言った。

「自慢《じまん》の娘に成長してくれて私は嬉しいよ。さあそろそろ時間だ、行こうか」

「はい」

差し出され腕に手を添えてゆっくりと開く扉をお父様と二人で見つめる。そして完全に開かれた先には祭壇《さいだん》に続く真ん中の道に真っ赤なカーペットが敷《し》かれ、両サイドには大勢の王侯《おうこう》貴族が立ち並び静かに私達を待っていた。

(ああ、ニーナやマリーはプロローグでこんな光景を見ていたんだね)

見る側から見られる側となり、感慨深《かんがいぶか》い気持ちになっていた。

お父様と共に中へ進むと、パイプオルガンの荘厳《そうごん》な曲が流れる。私はしずしずとカーペットの上を歩きながら祭壇の前で待っているカイゼルのもとに向かう。カイゼルは真っ白な正装に赤い裏地の白いマントを羽織っていて、いつも以上にカッコいいのが離れていてもよくわかった。

そして祭壇前までたどり着くと、お父様からカイゼルへ引《ひ》き継《つ》がれる。私はカイゼルの手を取って横に立ち式を執《と》り行《おこな》ってくれるニーナの方を向く。ニーナは私を見て頬をほんのり赤らめながら優しく微笑んでくれた。

「セシリア、とても綺麗です」

「ありがとうございます。カイゼルも素敵ですよ」

私達はお互いに笑いそうしに厳《おごそ》かに結婚式が始まる。

ニーナの進行でしばらく進み誓いの言葉を言うことになった。

「では新郎《しんろう》カイゼル・ロン・ベイゼルム。貴方はこのセシリア・デ・ハインツを生涯《しょうがい》かけて愛し守り続けることを誓いますか？」

「はい、誓います」

カイゼルが真剣な表情でニーナに向かって誓う。

「続いて新婦セシリア・デ・ハインツ。貴女はこのカイゼル・ロン・ベイゼルムを生涯かけて愛し守り続けることを誓いますか」

「はい、誓います」

私もカイゼルと同じようにニーナに向けて誓った。

「では指輪の交換《こうかん》をしてください」

ニーナがそう言うと、女性の神官が恭しくトレイに乗った二つの指輪を運んでくる。カイゼルは小さい方の指輪を手で持ち、私は左手を差し出した。その手をカイゼルが支え持ち私の薬指に指輪をはめてくれた。次に私もトレイから指輪を取り、同じようにカイゼルの薬指にはめてあげる。

「では最後に誓いの口づけをお願いいたします」

私はドキドキしながらもカイゼルの方を向く。そしてカイゼルは私の被っていた純白のベールを上げると、愛しそうに見つめてきた。

「セシリア、愛しています」

その瞬間大きく心臓が跳《は》ね、嬉しさが込み上げてくる。私は自然と笑みがこぼれた。

「私も愛しています」

そう答えるとカイゼルが顔を近づけてきたので目を閉じ、唇に柔《やわ》らかい感触《かんしょく》が触れる。

(好きな人からのキスは心が満たされていくみたい)

そんなことを思いながら誓いの口づけを終えると、ニーナが声高《こわだか》に宣言した。

「これにてお二人は正式に夫婦《ふうふ》となりました。皆様《みなさま》祝福の拍手をお願いいたします！」

その途端《とたん》、割れんばかりの拍手が鳴り響いた。私とカイゼルは皆の方を向き笑顔でそれに応えたのだった。

そうして神殿での式が滞《とどこお》りなく終了《しゅうりょう》すると、今度は城のバルコニーに出て国民にお披《ひ》露目《ろめ》をすることに。私はカイゼルの腕に手を乗せながら、バルコニーに続く廊下《ろうか》を歩いていた。しかし私はピタリと歩みを止める。

「セシリア？」

　突然足を止めたことに、カイゼルは不思議そうに私のことを見てきた。

「……ちょっと待ってください」

「どうかしましたか？」

「いえ、今更《いまさら》ながら不安に……」

「不安？」

「私達の結婚を国民が喜んでくださるかどうか……」

「ああその心配は無用ですよ」

「え？」

「ほら聞こえませんか？　私達の結婚を祝う国民の声が」

　カイゼルに言われ耳を傾《かたむ》けると、バルコニーの先からたくさんの歓声と私達を祝福する声が聞こえてきた。

「本当ですね」

「セシリアは国民からとても人気があるのですよ。ご存じなかったのですか？」

「え？　私がですか⁉　私そんな国民に好かれるようなことしていませんよ？」

「セシリアは気がついていないようですが、貴女の優しいおこないは国民がちゃんと見ていてくれたのですよ。もっと自分を誇《ほこ》ってください」

　カイゼルの笑顔と聞こえてくる歓声に、私は自信を持つことができた。

「もう大丈夫です。行きましょうカイゼル」

「ええ」

そうしてカイゼルと共にバルコニーに出ると、一層大きな歓声が巻き起こる。

城の前の広間を埋め尽くすほどの人々に目を瞠《みは》る。

「凄《すご》い人ですね」

「今日この日のためにたくさんの人々が王都に集まっているそうですよ。ビクトル率いる警備の騎士達はその分大変になっているみたいですが、絶対に問題など起こさせないと意気込んでいました」

「ビクトル達には後で労《ねぎら》いの言葉をかけに行かないとですね」

「そうですね。ですが今は見にきてくれた国民に手を振りましょう」

「はい」

私は頷くとにっこりと微笑み、皆に向かって手を振ってみせる。その途端さらに歓声が大きくなり、その衝撃で城が揺れたかと錯覚《さっかく》してしまうほどだった。本当に私達の結婚を喜んでくれている人々を見て嬉しさが込み上げてくる。

「カイゼル、私今とても幸せです」

「ふふ、これぐらいで幸せだと思わないでください。これからもっと、幸せが山ほど待っているのですから」

「そうですね。二人でいっぱい幸せになりましょう！」

「ええもちろんです」

私達は笑い合いそのまま顔を寄せてキスをする。そうして割れんばかりの歓声と拍手を聞きながら私は思った。

『悪役令嬢はお断りだけど、王太子妃はお受けいたします！』

Ｆｉｎ

あとがき

皆様《みなさま》、お久しぶりです。蒼月《そうげつ》です。

この度《たび》は『乙女《おとめ》ゲームの世界で私が悪役令嬢《あくやくれいじょう》⁉ そんなのお断りです！』の第三巻をご購入《こうにゅう》いただき誠《まこと》にありがとうございます。

正直三巻まで出していただけるとは思っていませんでしたので、本当に本当に嬉《うれ》しいです。三巻を出すために動いてくださった担当編集者様、ありがとうございました。

さてこの巻でセシリアの物語は完結となります。少し寂《さび》しい気持ちもありましたが、セシリアに幸せになって欲《ほ》しいという想《おも》いで最後まで書き上げることができました。内容は完全書き下ろしとなっていますので、皆様に楽しんで読んでいただけたら嬉しい限りです。

今回出てきた新キャラのマリーは、一番設定が変わった子です。当初は極悪《ごくあく》な性格の新ヒロインでしたが、何度も書き直すうちに暴走ヒロインという形に落ち着きました。そしてもう一人（？）の新キャラであるラースは、書いてて凄《すご》く楽しかったです。ああいう尊大なキャラは、勝手に動いてくれるので筆が進みました。

ここからは感謝の言葉を述べさせていただきます。作画担当の笹原亜美《ささはらあみ》先生、大変お忙《いそが》しい中無理を言って美麗《びれい》な表紙と挿絵《さしえ》を描《か》いてくださりありがとうございました。自分の作品が絵になるのは、いつものことながらとても嬉しくラフの段階から顔がにやけていました。

次にコミックス担当の中村央佳《なかむらおうか》先生、小説では描ききれなかった部分を漫画《まんが》で素晴《すば》らしく表現してくださりいつも楽しく拝読させていただいております。これからもよろしくお願いいたします。

担当編集者様、一巻の発売からずっと未熟な私を支えてくださりありがとうございました。

さらにこの本をお手に取っていただけた読者様、本当にありがとうございます。皆様の応援《おうえん》のおかげでこうして完結まで書ききることができました。

そして最後に、三巻が出るのを誰《だれ》よりも心待ちにしてくれていた天国のお母さんへ。

お母さんにこの三巻を贈《おく》るね。ずっと応援してくれてありがとう。

蒼月

元悪役令嬢のその後のお話

カイゼルと結婚《けっこん》して十数年経《た》った。その間にカイゼルが王位に就《つ》き、同時に私も王妃《おうひ》となった。王妃となったことで今まで以上に忙《いそが》しくなってしまったが、それでもやりがいのある充実《じゅうじつ》した日々を過ごしている。

「お母様、何を見ているの？」

自室で寛《くつろ》ぎながら数枚の紙を見ていると、私の膝《ひざ》にちょこんと手を乗せ見上げてくる八歳の可愛《かわい》らしい男の子が問いかけてきた。その男の子は金色の髪《かみ》に紫色《むらさきいろ》の瞳《ひとみ》をしていて、カイゼルによく似た面立《おもだ》ちをしている。男の子の名前はルイ・ロン・ベイゼルム。私とカイゼルの子どもでこの国の第一王子だ。

「あらルイ、もうお勉強の時間は終わったの？」

「うん！　早くお母様に会いたくて急いで来ちゃった」

「ふふ、ありがとう」

「それでお母様、それは何？」

私の持っている紙を指差し小首を傾《かし》げた。

「これは、私が昔書いたものよ。久しぶりに出てきたから懐《なつ》かしくなって読んでいたの」

「僕もそれ読みたい！」

「う〜ん、いいけどきっと貴方《あなた》には意味がわからないわよ？」

「それでも読みたい！」

「はいはいわかったわ。どうぞ」

「やったー」

ルイは笑《え》みを浮《う》かべて私の隣《となり》に座り、紙を受け取って読みだした。しかしすぐに難しい表情に変わる。

「お母様、これってお父様やおじ様達のことだよね？」

「ええそうよ」

「ん〜なんでお父様達のことが書いてあるの？」

「まあお手製の設定資料集だからね」

「せっていしりょうしゅう？」

「意味は気にしなくていいわ。でも昔はそれを見ながら、色々奮闘《ふんとう》していたのよ」

「ふ〜ん、やっぱり僕にはよくわからないや。はい、もう返すね」

興味をなくしたようで私に紙の束を手渡《てわた》してきた。それを苦笑いしながら受け取り、紙に書かれている文字に目を通す。

（本当に懐かしい。乙女《おとめ》ゲームの世界に転生したことに気がついて、思い出せるだけの情報をここに書き込んだんだよね。まあ結局ゲームの通りにいかなかったから、自分で考えて行動する羽目になったけど）

昔を思い出しクスクスと笑いだす。そんな私をルイは不思議そうに見てきた。

「お母様、どうかしたの？」

「ふふ、私この世界に生まれてよかったなと思っていたのよ。皆《みんな》と会えたしそれにルイにも会うことができたから」

「僕もお母様に会えて嬉《うれ》しい！　お母様大好き！」

「私も大好きよ」

笑顔《えがお》で私に抱《だ》きついてきたルイを、ぎゅっと抱きしめ返してあげる。すると扉《とびら》をノックする音が聞こえてきたので顔を向けると、そこにはシスランが立っていた。

「母と子の楽しい時間に浸《ひた》っているところ悪いが、ちょっといいか？」

「あらシスランどうしたの？」

疑問に思っていると、何故《なぜ》かルイがそっと私から離《はな》れ逃《に》げようとする。その瞬間《しゅんかん》全てを察し、私は咄嗟《とっさ》にルイの体を抱き留《と》めた。

「ル～イ」

「な、何かなお母様」

明らかに挙動不審《ふしん》な様子に、私はため息をつくとシスランの方を向く。

「また逃げ出したのね」

「ああ、俺が参考書を取りに別室へ行っている間に逃げられた。まあどうせここにいるだろうとは思っていたがな」

呆《あき》れた表情を浮かべながらシスランは部屋に入ってきた。

シスランは王宮学術研究省に入り数々の実績を積んで、引退したデミトリア先生に替《か》わり現在所長の地位に就いている。さらに各地に無償《むしょう》の学校を設立し、そこの総合理事長も務めている。当初私とカイゼルは陰《かげ》からその手助けをしていたのだが、案の定すぐにバレて怒《おこ》られてしまった。しかし開き直った私達に説得され、今では逆に色々要望をされているほどだ。

そんなシスランにルイの家庭教師を頼《たの》んでいるのだが……。

「ルイ王子、まだ小テストが残っているだろう。部屋に戻《もど》るんだ」

「え～シスラン先生のテストって難しすぎなんだもん！」

「俺が教えたことをちゃんと覚えていれば、そんなに難しくない問題ばかりなんだがな。まあどっかの誰《だれ》かも、よく俺の父上から逃げ出してはいたらしいが」

私はその話を聞き思わず吹《ふ》き出してしまう。

「そういえばそんな話も聞いたことあったわね。それでもデミトリア先生がテストをすれば、満点取っちゃうんだから本当に凄《すご》い人よね」

「まあな。あいつこそ神童と呼ばれるべきだったんだろうが、それを周りに悟《さと》られないようにしていたのはさすがというかなんというか」

シスランは苦笑いを浮かべた。そんな私達の会話を聞いてルイは不思議そうな顔をする。

「ふふ、貴方のお父様のことよ」

「お父様⁉」

「ええそうよ。ルイはお父様みたいな立派な王様になりたいのよね？　だったら勉強も頑《がん》張《ば》らないといけないわよ」

「え？　でもお父様もよくサボっていたんだよね？」

「お父様の家庭教師をされていたデミトリア先生の授業はね。だけどちゃんと自習をして密《ひそ》かに努力をされていたのよ。自分の好きなように勉強したいタイプだったみたい。でもわからないことは正直に言って、デミトリア先生に教えてもらっていたそうよ」

「まあルイ王子が将来わからないことが多くて困っても、俺は知らないがな」

「う〜ごめんなさい。もう逃げません」

「わかればいい。とりあえず今から戻って小テストだ」

「え〜」

「もう逃げないと言ったと思ったが？」

「う……」

ルイは言葉を詰《つ》まらせ俯《うつむ》く。そんなルイを見て頭を撫《な》でて優《やさ》しく声をかけた。

「テストを頑張ったら、ご褒美《ほうび》に今日は久しぶりに一緒《いっしょ》に寝《ね》てあげるわ」

「本当⁉」

私の言葉にルイはパッと明るい顔で見てくる。

「ええ本当よ。だから頑張っていってらっしゃい」

「うん！　僕行ってくるね」

ソファから勢いよく立ち上がり、にっこりと笑顔を向けてきた。

「セシリアは相変わらず甘すぎるな」

「厳しいだけじゃ子どものやる気は続かないから。これぐらいの甘さは必要よ」

呆れた表情を向けてくるシスランに笑みを向けて答える。

「まあいいけどな。さあルイ王子、戻るぞ」

「は～い」

扉に向かったシスランを追いかけてルイが歩きだしたその時、突然《とつぜん》扉が大きな音を立てて開きそこから一人の美少女が満面の笑みで入ってきた。

「お母様！　ようやくビクトル師匠《ししょう》に一打入れることに成功したわ！」

その少女は長い銀髪《ぎんぱつ》をポニーテールにして縛《しば》り、青い瞳をキラキラと輝《かがや》かせている。少女の名前はリリアーナ・ロン・ベイゼルム。私とカイゼルとの第一子でこの国の王女。今年十二歳になったばかりなのだが、なかなかのお転婆《てんば》で今も騎士《きし》の服を着て練習用の剣《けん》を片方の手に持っている。一部からは姫《ひめ》騎士と呼ばれているほどだ。

「リリアーナ王女はなかなか筋がいいですよ」

リリアーナに遅《おく》れて部屋に入ってきたビクトルが、そう笑みを浮かべて言ってきた。

ビクトルはカイゼルが王位を継《つ》いですぐに騎士団長の座を別の人に譲《ゆず》り、私の近衛《このえ》騎士部隊に入った。そしてあっという間に近衛隊長にまで昇進《しょうしん》し現在に至る。最近ではリリアーナの剣術《けんじゅつ》指南もしてくれ、その成長に喜びを感じているようだ。

「ビクトル、娘《むすめ》に付き合わせてしまってごめんなさいね」

「いえ、私も好きでやらせていただいていますので」

「そう、それならいいけど。これからもリリアーナのことよろしくお願いしますね」

「はっ」

本当に楽しそうな様子に、私はにっこりと微笑《ほほえ》んだ。

「それよりもお母様、私の……」

「リリアーナ王女は相変わらず元気だな」

「……え？」

意気揚々と部屋に入りながら私に話しかけてきたリリアーナは、シスランに声をかけられ驚《おどろ》いて顔を向ける。その途端《とたん》、一気に顔を赤らめおどおどしだす。

「シ、シ、シスラン先生⁉」

「リリアーナ王女は勉強はもちろん、武術も優《すぐ》れていると聞いてたが本当だったんだな」

「……っ」

シスランはリリアーナを見て苦笑する。するとリリアーナは自分の姿を見てさらに顔を赤らめた。

「こ、これは違《ちが》うんです！　いつもはちゃんとドレスを……」

「べつに変と言っていない。だから心配しなくていいんだぞ」

慌《あわ》てるリリアーナの様子をシスランは違う意味で捉《とら》えたようだ。

(……私もよく鈍感《どんかん》だとか言われてきたけど、シスランも大概《たいがい》よね。こんなあからさまな好意に気がつかないんだもの)

そう、リリアーナはシスランに恋《こい》をしている。本人からはハッキリと聞いてはいないけど、あの態度と普段《ふだん》からシスランのことばかり話すリリアーナを見ていればよくわかる。

(まあリリアーナはバレていないと思っているようだし、シスランも全く気がついていないけど。でもそれも仕方ないか。だってまさかまだ十二歳の女の子から、恋愛《れんあい》的に好意を持たれているなんて思わないものね。それもシスランはリリアーナが赤ちゃんの頃《ころ》から知っているし……歳《とし》もだいぶ離れているから。だけどニーナの時にできなかった恋模様の観察を、自分の娘ですることになるなんてね）

赤い顔でわたわたしている娘を眺《なが》めながら感慨深《かんがいぶか》い気持ちになる。

「しかし本当にリリアーナ王女は、元気いっぱいなところが誰かさんにそっくりだな」

ちらりと私の方を見ながら意味深に笑うシスランに、ムッとした顔を向ける。

「なんだか私を馬鹿にしているように聞こえたのだけれど？」

「いやいやすまない。それはリリアーナ王女に失礼だった。リリアーナ王女の方が誰かさんより断然素敵《すてき》な女性だったな」

「へ～」

私は目を据《す》わらせてシスランを睨《にら》みつける。しかしリリアーナが両手で頬《ほお》を押さえ、嬉しそうにしているのが見え怒る気が失《う》せてしまった。

（確かに恋をしているリリアーナは、私から見ても可愛らしく素敵な女性だものね。もちろん私としては娘の恋を応援《おうえん》するつもりでいるよ。だけどもし将来シスランと結婚することになったら……シスランは私の義息子《むすこ》になるのか。そしてシスランから見たら私は義母《はは》……なんだか凄く複雑だ）

この先に起こるかもしれない未来を考え、なんとも言えない気分になる。するとその時、廊下《ろうか》の方から子どもの大きな泣き声が聞こえてきた。

「この声はもしかして……」

そう呟《つぶや》いたと同時に、小さな男の子が泣きながら部屋に駆《か》け込んできた。

「おかあちゃま～！」

「まあアレスどうしたの？」

銀髪に紫色の瞳をした三歳の男の子。名前はアレス・ロン・ベイゼルム。この国の第二王子で私達の子ども。そのアレスは私の足に抱きつくと膝に顔を埋《うず》めて泣き続ける。私はそんなアレスの背中をさすりながら、困った表情を浮かべていた。

「アレス様～！」

焦《あせ》った声でアレスの名前を叫《さけ》び入ってきたのは、侍女《じじょ》の格好をしたレイティア様だった。私がカイゼルと結婚した後、レイティア様は父親であるダイハリア様を説得し私の侍女になった。そして今では侍女頭となり、他の侍女達をまとめあげてくれている。そのレイティア様は私達の姿を見て慌てて頭を下げた。

「セシリア様すみません！　アレス様をお止めすることができませんでした」

「べつに気にしなくていいですよ。だけど今回はどうしたのです？」

「どうやらお昼寝《ひるね》から目を覚まされた時に、セシリア様が近くにいらっしゃらなかったことで不安に思われたようなのですわ」

「なるほど……ごめんなさいね。レイティアのお手を煩《わずら》わせてしまって」

さすがに私の侍女になったので、敬称《けいしょう》を付けて呼べなくなっていた。

「いいえとんでもございません！　わたくしがアレス様のお世話をちゃんとできていなかったからですわ」

「レイティアは十分やってくれていますよ。いつも本当に助かっています」

にっこりと微笑んであげると、レイティア様は嬉しそうに顔を綻《ほころ》ばせた。

「セシリア様のためにこれからも頑張りますわ！」

「あまり無理はしないでくださいね。ほらアレス、そろそろ泣《な》き止《や》んで」

まだグズるアレスの頭を撫で優しく話しかける。すると涙《なみだ》に濡《ぬ》れた顔で私を見上げてきた。そんなアレスの顔をハンカチで拭《ふ》いてあげる。

「おかあちゃま……」

「大丈夫《だいじょうぶ》よ、私はここにちゃんといるから。それよりもレイティアに迷惑《めいわく》をかけてしまったのだから、ごめんなさいしましょうね」

「れいてぃあに？」

意味がわからないといった表情を浮かべているので、私はアレスの体を強制的にレイティア様の方に向けた。

「アレス様……」

困った顔で立っているレイティア様を見て、アレスはあっという表情をする。そしてしゅんとした顔で、指をもじもじさせながら口を開いた。

「……れいてぃあ、ごめんなちゃい」

そんなアレスの姿を見て、私とレイティア様は思わず身悶《みもだ》える。

(くっ、うちの子なんて可愛らしいのぉぉぉぉ‼)

正直世の親が親バカになる気持ちがよくわかった。

レイティア様は何度か深呼吸を繰《く》り返《かえ》し、なんとか平静を装《よそお》うと笑顔を向ける。

「アレス様、わたくしは大丈夫ですわ。それよりもいつもわたくしがおそばにおりますので、今度は頼《たよ》ってくださいね」

「うん！　れいてぃあだいすき！」

アレスは天使のような笑顔でレイティア様に抱きついた。その瞬間、レイティア様は悶《もん》絶《ぜつ》したいのを必死に我慢《がまん》していたのだ。

(うん、気持ちはよくわかる。レイティア様はよく我慢している方だと思うよ。だって私はアレスにあれをされると耐《た》えられないもの。……なんだか将来この子が多くの女性を虜《とりこ》にしている図が見えるわ)

ちょっと複雑な気分になりながら部屋に集まった皆を眺めた。リリアーナはシスランの前で顔を赤らめながらもじもじしているし、ルイはビクトルに遊んで欲《ほ》しそうにしているし、アレスはレイティア様に抱きついて嬉しそうにしている。そんな光景に頬を緩《ゆる》ませていると、この場にいなかった人の声が聞こえてきた。

「ふふ、本当にここはいつも賑《にぎ》やかですね」

扉から楽しそうに笑みを浮かべてカイゼルが入ってきた。

「「お父様！」」

「おとうちゃま！」

三人はカイゼルを呼び、嬉しそうに駆け寄《よ》っていった。私はクスクスと笑いながらもソファから立ち上がりカイゼルを出迎《でむか》える。

「カイゼルお疲《つか》れさま。もうお仕事はいいのですか？」

「一段落ついたので、少し休憩《きゅうけい》がてらセシリアの顔を見に来たのです」

カイゼルはアレスを抱き上げ私のもとにやってくる。ルイやリリアーナもその後ろを一緒についてきた。

「どうぞ座ってください。あ、レイティアお茶をお願いしてもいいかしら？」

「すぐにお持ちいたしますわ」

レイティア様は一礼すると部屋から出ていった。カイゼルは今まで私の座っていたソファに腰《こし》をおろすと、すぐ両サイドにルイ達も座る。

（本当に子ども達はカイゼルのことが大好きね。まあ普段は政務で忙しくて、なかなか会

えないからそれも仕方ないか）

　そう思いながらも、空いているルイの隣に座った。するとその時咳払《せきばら》いが聞こえ顔を向けると、シスランがこっちを見ていた。

「ルイ王子、一時間後に小テストをするからそれまで自由時間とする。時間になったらちゃんとくるんだぞ」

「あ、うん！　シスラン先生ありがとうございます」

　ルイはシスランが家族との時間を作ってくれたことに気がつき、嬉しそうにお礼を言う。

「じゃあ俺は戻るから」

　そう言ってシスランは部屋から出ていった。その後ろ姿をリリアーナは名残惜《なごりお》しそうに見つめながらも、カイゼルとの一緒の時間を優先して見送ることにしたようだ。

「では私もこれで失礼いたします。リリアーナ王女、今日の感覚を忘れないようにしてくださいね」

「はい、ありがとうございます。ビクトル師匠」

　ビクトルはリリアーナの返事を聞いて頷《うなず》くと、一礼して出ていった。そのビクトルと入れ替わるように、レイティア様がお茶を持って戻ってきた。そして机にお茶が入ったカップを全員分置く。

「ありがとうございます。レイティア」

「いえ、これも仕事ですから。ではわたくしもさがらせていただきますわね。何かご用がございましたらお呼びください。……アレス様、よかったですわね」

カイゼルの服をぎゅっと握《にぎ》って離さないアレスを見て、レイティア様はクスッと笑った。

そうしてレイティア様も出ていき部屋には私達家族だけになる。

「カイゼル、今日はゆっくりできるのですか？」

「ええ。後はロベルトにお願いしてきましたので」

「……」

似非《えせ》スマイルを浮かべて言ったカイゼルを見て、執務《しつむ》室で大量の書類を前に頭を抱《かか》えて唸《うな》っているお兄様の様子が目に浮かんだ。

（お兄様、ごめんなさい）

心の中で謝りつつ、久しぶりの家族団欒《だんらん》の時間を満喫《まんきつ》させてもらうことにした。

子ども達はカイゼルにベッタリとくっつき、色々話しかけている。その話をカイゼルは楽しそうに聞いていた。しかしそのうち言葉数が少なくなり、気がついたら三人共カイゼルにもたれかかって眠《ねむ》ってしまったのだ。

「あらあら。重いでしょう？　レイティアを呼んで子ども部屋に連れていってもらいましょうか？」

「いやこのままでいいですよ。しかし本当に子どもの成長は早いですね。ちょっと前まではヨチヨチ歩きだったはずでしたのに」

「本当にそうですね。そういえばレオン王子の下の子もようやく歩き始めたそうですよ」

「そうなのですか。セシリアはレオンの奥方《おくがた》であるオリビア様と手紙のやり取りをしているのでしたね」

「ええ。子どものこと以外にも色々相談を受けています」

手紙の内容を思い出し、クスッと笑った。

レオン王子は私達が結婚した後、軍事国家の王女であるオリビア様とお見合いをした。最初はレオン王子に結婚する意思はなく、オリビア様も望んではいないようで初めて対面した時も表情を変えず淡々《たんたん》と話をしていたのだ。しかし実際はお見合い用に見せられたレオン王子の絵姿を見て、一目惚《ひとめぼ》れをしていたらしい。

そもそもオリビア様は幼い頃から可愛いものが大好きだった。でも軍事国家の姫だったこともあり、それを人に言ってはいけないとひたすら隠《かく》していた。さらに一般《いっぱん》の女性よりも背が高く武術にも優れ、表情を一切《いっさい》変えないことから鋼鉄の姫と呼ばれ家族以外の男性から恐《おそ》れられていたのだ。そんな自分が可愛らしく天使のようなレオン王子と結婚できるはずがないと身を引こうとした。だけどオリビア様の性格を知り興味を持ったレオン王子の猛《もう》アピールで、二人は晴れて婚約《こんやく》し後に結婚することができたのだ。

ちなみにオリビア様の手紙には、レオン王子が可愛らしくてどうすればいいかといった内容がよく送られてくる。

（オリビア様もとても可愛らしい性格なんだよね。あのお見合い時期にレオン王子の愛らしさを目の当《ま》たりにして、人目《あ》がない場所で悶絶していたし。まあそれを偶然《ぐうぜん》私が見てしまって、それから仲良くなったんだけど）

その時のことを思い出し、笑いが込《こ》み上げてきた。

「ふふ、レオン王子とオリビア様のお見合いは本当に大変でしたね」

「ええ色々ありましたが、今ではとてもお似合いの夫婦《ふうふ》になってよかったです」

「そういえば、アルフェルド皇の奥方ももうすぐ出産されますよね。ご出産祝いに何をお送りするかそろそろ決めないといけませんね」

「そうでした。いくつかリストを持ってきますので、セシリアが選んであげてください」

「また私ですか？」

「アルフェルド夫妻はセシリアに選んでもらった物の方が喜ぶと思いますから」

「……わかりました」

アルフェルド皇子いや皇の奥さん、つまり今の皇妃《おうひ》であるサーシャ様は元々奴隷《どれい》商人に捕《つか》まっていた族長の娘だった。

私達の結婚式《けっこんしき》の後、国に戻ったアルフェルド皇から改めて招待を受け、私とカイゼルはモルバラド帝国《ていこく》へ訪問した。しかし滞在《たいざい》中に奴隷売買事件が起こって、私達はそれに巻き込まれてしまう。そして事件解決のため色々頑張っているうちに、アルフェルド皇とサーシャ様が恋仲《こいなか》になったのだ。

サーシャ様は可憐《かれん》で物腰《ものごし》も柔《やわ》らかく一見とてもおとなしい女性に見える。だけど時として他の奴隷の人達を守るため、臆《おく》することなく奴隷商人に意見をする強い一面もあったのだ。そんなサーシャ様にアルフェルド皇は惹《ひ》かれ、結婚後もハーレムは作らずサーシャ様ただ一人を愛し続けている。

（まあそもそもアルフェルド皇が他の女性に甘い言葉をかけようものなら、サーシャ様が圧のある笑みでそれを制していたけどね）

その時のことを思い出しクスッと笑った。

「セシリア、どうかしたのですか？」

「いえなんでもないです」

不思議そうな顔のカイゼルに首を振《ふ》った。

「そうですか。……あ、そろそろヴェルヘルム皇のご一家が、ベイゼルム王国にお越《こ》しになる時期が近づいていますが、準備の方はどうなっていますか？」

カイゼルが問いかけてきたので、にっこりと笑みを向けた。

「問題なく整っていますよ。後は当日の食事をもう少し調整するだけです」

「セシリアに全て任せてしまいすみません」

「気にしないでください。これも王妃の務めですから。そういえばアマンダ様からのお手紙に面白《おもしろ》いことが書かれていましたよ」

「アマンダ皇妃から？」

「ええ。ヴェルヘルムとアマンダ様の子であるライアン皇子が、どうも去年いらした際にリリアーナに恋をしたみたいなんです」

「……へ～」

カイゼルの目が据わり背中から黒いオーラが漂《ただよ》い出た。そんなカイゼルに苦笑《くしょう》しながらさらに言葉を続けた。

「ライアン皇子はまだ七歳なんですよ。そこまで心配されることはないと思いますが」

「……あのヴェルヘルム皇の子どもですよ？　油断はできません。そもそもリリアーナは、まだどこにも嫁《よめ》に出すつもりはありませんから」

すっかり父親の顔になっているカイゼルを見てクスッと笑いながら、内心リリアーナがシスランに恋をしていることを知ったらどうなるんだろうと少し不安になった。

ヴェルヘルムは私達が結婚してから数年後、同盟国の王女であったアマンダ様と結婚した。初めてアマンダ様と出会われたのは、ヴェルヘルムが同盟国の王族を招待しておこなわれた舞踏会《ぶとうかい》の時だった。当然同盟国である私とカイゼルもその舞踏会に参加し、アマンダ様とも顔を合わせている。

アマンダ様は相手が男性であろうと自分の意見をハッキリと言われる方で、どうすれば国がより良くなり国民が生活しやすくなるかを常に考えている人だった。だからヴェルヘルム狙《ねら》いで来ていた他の女性達とは違い、全くそういうことには興味を示さなかったのだ。むしろヴェルヘルムとは政治的な話ばかりをしていたほど。そのことがきっかけで、ヴェルヘルムがアマンダ様に興味を持った。

二人はその後も何度か会い、意見を交《か》わし合ううちにお互《たが》いなくてはならない存在になっていることに気がつく。そうして二人は結婚し子どもも生まれ、円満な家庭を築きつつ国のために尽力《じんりょく》している。その姿は夫婦兼《けん》ビジネスパートナーのようだった。まあたまには意見のぶつかり合いが起こり、険悪な雰囲気《ふんいき》になることもあるそうだが、その都度ノエルが上手《うま》いこと収めてくれているらしい。

ちなみにアンジェリカ姫も、舞踏会で知り合った自国の侯爵家《こうしゃくけ》の男性と結婚している。その男性はアンジェリカ姫よりだいぶ年上ではあるが、とても紳士《しんし》的でダンディなおじ様だった。そしてアンジェリカ姫のことをとても大切にしてくれている。アンジェリカ姫はそんな旦那《だんな》様のことが大好きで、よく惚気《のろけ》の手紙が送られてきていた。

「そうでした。先程神殿《さきほどしんでん》から、ニーナの結婚が決まったと連絡《れんらく》が来ましたよ」

「本当ですか⁉」

カイゼルの言葉に思わず声をあげ、慌てて口を手で押さえる。そっと子ども達の様子を見ると寝息《ねいき》を立てて眠っていてホッと息を吐《は》いた。

「ようやく決断したのですね」

「ええ、マリオがニーナにプロポーズしたそうですよ」

「ニーナ凄く喜んだでしょうね」

その情景を思い浮かべ嬉しさが込み上げてくる。

ニーナは長年『天空の使徒』としてお役目を頑張っていた。そんなニーナを護衛騎士のマリオが常にそばで守り支えていたのだ。マリオはニーナと同じ村の出身で幼馴染《おさななじみ》でもあったが、人一倍努力して護衛騎士にまでなった。何故ならニーナのことが幼い頃から好きだったからだ。だから巫女《みこ》に選ばれて城に行ってしまったニーナを追いかけ単身王都までやってくると、神殿に頼み込み護衛騎士になるための厳しい訓練を受けさせてもらったのだ。

念願叶《かな》ってニーナの護衛騎士となり、ニーナも立派に成長した幼馴染の姿を見て恋心《こいごころ》を抱くようになった。そして想《おも》いを告げ合い恋人《こいびと》同士となった二人だったのだけれど、それぞれの役職を気にしてなかなか結婚まで踏《ふ》み切《き》れずにいたのだ。

（ニーナよかった。これで本当にヒロインのニーナにもハッピーエンドがくるのね！）

今からニーナの結婚式が楽しみだとウキウキしていたが、ふともう一人のヒロインのことが気になった。

(マリーはどうなったんだろう?)

するとと唐突《とうとつ》に頭の中に映像が映し出される。

そこには体格は小柄《こがら》なままだが顔立ちが少し大人になったマリーが、庶民《しょみん》の服を着て洗《せん》濯《たく》物を干していた。するとその後ろにある小さな一軒家《いっけんや》から、男の子と女の子の兄妹《きょうだい》が飛び出してきてマリーの周りを楽しそうに走り回りだしたのだ。マリーはそんな子ども達を見て腰に手を当てて怒った表情を向ける。しかしすぐににっこりとあの可愛らしい笑みを浮かべ二人を抱きしめた。

そこに一人の優しそうな面立ちの男性が家から出てきてマリーに笑いかける。マリーはその男性を見てとても幸せそうに笑った。よく見ると子ども達も二人とよく似ていることから、どうやらマリーも心から愛する人と出会えて幸せな家庭を作れたのだとわかった。

(マリー本当によかったね。ラース見せてくれてありがとう)

ラースにお礼を言うと同時に、マリーの映像も消えた。

「セシリア、もう体調の方はいいのですか? ここ数日よくなかったみたいですが……」

「そのことについてお話ししようと思っていました。実は先程わかったことなのですが」

私はそっとカイゼルの耳に顔を寄せ小声で話す。すると不思議そうにしていたカイゼルの顔がみるみる明るいものに変わっていった。

「セシリア、それは本当のことなのですか!?」

「ええ」

私は笑みを浮かべて自分のお腹《なか》を優しくさする。途端カイゼルは嬉しそうな顔で私を抱きしめようとしてきた。しかし寝ていた子ども達が、苦しそうな声をあげて目を覚ましてしまったのだ。

「どうしたのお父様？」

目をこすりながらリリアーナが問いかけると、他の二人もあくびをしながら体を起こす。

「ああ起こしてしまってすまなかったね。だけどとても嬉しいことがあったんだよ。お前達に弟か妹ができるんだ」

「え？　お母様本当なの⁉」

「本当よ」

「うわぁ～！　嬉しい！　ルイもアレスも嬉しいわよね？」

「うん！　凄く嬉しい！」

リリアーナの問いかけに、ルイは何度も頷いて喜んだ。しかしアレスはいまいちピンときていないようで、きょとんとしている。そんなアレスの様子を見てクスクス笑いながら、私は優しく話しかけた。

「アレスはもうすぐお兄ちゃんになるってことよ」

「ぼくがおにいちゃん？」

「そうよ。アレスおにいちゃんになって、これから生まれてくる子を守ってあげてね」

「うん！　ぼくおにいちゃんになるんだ！　わぁ〜い！」

アレスは大喜びでカイゼルから離れ部屋の中を走りだした。リリアーナやルイもそれに続いて駆けだす。

「喜んでもらえてよかったですね」

カイゼルはそう言いながら私の肩《かた》を抱き寄せてきた。私はそのままカイゼルに体を預け嬉しそうに走り回る子ども達を見つめる。

「私とても幸せです」

「私もです。ですがまだまだこれからも多くの幸せがやってきますよ」

優しく微笑みそっと私のお腹に手を置く。私もその手に自分の手を重ねた。

「カイゼル、これからもよろしくお願いしますね」

「私こそよろしくお願いします」

そうして私達は笑い合ったのだ。それから数カ月後、金髪《きんぱつ》に青い瞳の天使のように愛らしい女の子が生まれたのだった。

HAPPY END

■ご意見、ご感想をお寄せください。
《ファンレターの宛先》
〒102-8177 東京都千代田区富士見2-13-3
株式会社KADOKAWA ビーズログ文庫編集部
蒼月 先生・笹原亜美 先生

ビーズログ文庫

●お問い合わせ
https://www.kadokawa.co.jp/（「お問い合わせ」へお進みください）
※内容によっては、お答えできない場合があります。
※サポートは日本国内のみとさせていただきます。
※Japanese text only

乙女《おとめ》ゲームの世界《せかい》で私《わたし》が悪役令嬢《あくやくれいじょう》!?　そんなのお断《ことわ》りです！3

蒼月《そうげつ》

2023年6月15日 初版発行

発行者　山下直久
発行　株式会社 KADOKAWA
〒102-8177 東京都千代田区富士見2-13-3
（ナビダイヤル）0570-002-301
デザイン　島田絵里子
印刷所　凸版印刷株式会社
製本所　凸版印刷株式会社

ISBN978-4-04-737546-8 C0193

定価はカバーに表示してあります。

◇◇◇

COMICS

［乙女ゲームの世界で私が悪役令嬢!?
そんなのお断りです!］

コミックス①～③巻
大好評発売中!!

［漫画］
中村央佳
［原作］
蒼月
［キャラクター原案］
笹原亜美

コミックス
第④巻
2023年6月16日
発売♪

FLOS COMIC フロースコミック